王彬 著

# 三峡书简

作家出版社

**图书在版编目（CIP）数据**

三峡书简／王彬 著. --北京：作家出版社，2017.6
ISBN 978-7-5063-9418-5

Ⅰ.①三… Ⅱ.①王… Ⅲ.①散文集-中国-当代
Ⅳ.①I267

中国版本图书馆 CIP 数据核字（2017）第 069037 号

**三峡书简**

**作　　者：**王　彬
**责任编辑：**赵　莹
**装帧设计：**守义盛创
**出版发行：**作家出版社
**社　　址：**北京农展馆南里 10 号　　**邮　　编：**100125
**电话传真：**86-10-65930756（出版发行部）
86-10-65004079（总编室）
86-10-65015116（邮购部）
**E-mail：zuojia@zuojia.net.cn**
**http://www.haozuojia.com**（作家在线）
**印　　刷：**北京中科印刷有限公司
**成品尺寸：**142×210
**字　　数：**135 千
**印　　张：**6.625
**版　　次：**2017 年 6 月第 1 版
**印　　次：**2017 年 6 月第 1 次印刷
**ISBN** 978-7-5063-9418-5
**定　　价：**40.00 元

# 序

当年，北京的街灯亮度低。灯盏枯黄，街灯之间弥散着黝黑的魅影。公交车与今天一样，车厢里面不开灯，照明依赖街灯，驰到街灯下面，车内便明亮，离开街灯便陷入黑暗，仿佛突然钻进大山腹部。我那时在工厂上班，以公交为出行工具，时常体验这种光与影的均匀变幻。

一年大雪，我在站牌下面等候夜行的公交车。一个穿黑色棉衣的女孩子戴着白色口罩，立在站台前面的自行车道上，也在等公交车。她前方的积雪散逸淡蓝光辉，很可能是结冰了吧。一辆自行车从前方笨拙地骑过来，为了躲避她，在发光的地方，偏了一下，摔倒了。之后是第二辆、第三辆，都在她的前面倾侧倒地。一个穿工装的中年人喊她回到站台上来，理由是为了躲避她，骑车人都摔倒了。小姑娘不说话，中年人很气愤，但小姑娘寸步不动，依旧石像般立在那里，口罩泛出洁白的幽淡的光泽。

我乘坐的公交车蹒跚地驶过来了。我登上车，而小姑娘依然立在那里，她等候的公交车还行驶在夜色深处吗？我们的车慢慢驰离站台，慢慢加速，黢黑的车厢突然散射光芒。然而，很快又堕入黑暗，苍白的脸，美丽与不美丽的渐次消融。不久，车厢又透进暗黄的麦粒一样颜色的光线，美丽与不美丽，苍白的脸颊又浮现在我的周围了。我突然想起了那个小姑娘，她还立在那里吗？而那些自行车，从她前面经过的自行车还再继续做多米诺骨牌运动吗？

许多年的雪花眼见着一点一点变黑，北京的街灯早已明丽瑰艳，而那年冬季的情景：夜行、车厢、人影迷蒙，那个女孩子、中年人、那些跌倒的自行车，今夜突然在深沉的苍色中爆发喧哗，这里有什么暗示呢？一时难以索解。我一向认为，散文不过是对生命的一种凝望——苍茫或抵近，寒冷或温暖，混沌或清晰，长歌或低吟，真挚而随意。我今天对往事一点薄明的琐忆，或者也是一种幽寂的潜涌。赫拉巴尔在《碧树酒家》里写有这样一句话："三节车厢，就像燃着灯的鱼缸一样映照酒家……"为什么是鱼缸，而且是燃着灯的鱼缸映照酒家？

那个女孩子还站在那里吗？

2016 年 3 月 22 日

# 目　录

# 我对一种树的认知过程

## 我对一种树的认知过程

1987年，我从武汉去三峡，顺便去龟山盘桓。我之所以去那里，有两个原因。一是毛泽东诗词“风樯动，龟蛇静，起宏图，一桥飞架南北，天堑变通途。”一是龟山上面的电视塔，220米高，在当时，号称亚洲的桅杆。后来，在媒体上，见到一则消息，说是美国白箭牌香烟的广告做到龟山的电视塔上，引起武汉人的纷纷议论，认为影响了武汉的形象，最后撤掉了。

不过，无论是见到，还是听到的，在龟山，最吸引我的，并不是电视塔和有关它的消息，而是一种树，一种很奇特的树。叶子像是缩小的小提琴，正是黄昏的时候，苍暗的颜色，在幽明、娇嫩的穹宇里，一点一点地沉坠下来。这是一种什么树呢？从三峡回来，很长一段时间，我都在思索。

1995年，我去庐山，在南昌逗留了一天。青云浦给我留下了美好的记忆。那是八大山人长眠的地方。银色的雨迹飘洒在微灰的云朵里画出美丽的曲线，浅青色石条砌筑的拱形坟丘，泛射着洁白的柔软的光泽。我突然注意到，我在龟山见到那种树，也在这里生长，披垂着小提琴式的叶片。这是一种什么树呢？看园的老人说是“枸树”。知道了它的名字，我很高兴，同时涌起一种想知道这种树的更多知识的想法，但查阅有关图书，与“枸”相连的只有杞，那是灌木植物，与我所见的，无论如何也联系不上。

一天，当然是从南昌回来之后，我去北京大学办事，好像是在塞万提斯的雕像附近，也看到了这种树，不是一株，而是一片小小的林地。也是绿色的小提琴式的叶片，也是那种苍绿的色泽。我原以为这种树是南方的植物，没想到，在北京也见到了，是从南方移植的吗？后来知道，这种树，也是北方的土著，只是罕见，不为我所知罢了。无论怎样，都有一种故友相逢的感觉。不久，在东三环的绿化带上，我又见到了这种树，青翠可爱，小提琴式的叶片，优雅地挽住行人的目光。而在我曾经居住过的西坝河，也发现了，还是一种幼小状态，是我迁徙以后种植的吗？

去年初冬，在平安大道，西段北侧的一家书店，无意中，我看到一册日本人阐释《诗经》名物的书，每一个名物的下面都绘有插图。还是在无意中，我翻检到楮，在楮的下面注有：又名构。赫然绘有小提琴式的叶片。我喜出望外，同时明白了，我在南昌的听音写字，音虽然不错，却陷入了文字的误区。现在搞清楚了这个字，便可以进一步认知了。

楮，分雌雄两种，雄的树皮有斑纹，叶子没有丫杈，雌树无斑，叶子有丫杈。我所见到招展着小提琴式叶子的，便是雌树了。雄树三月开花，状如柳穗，不结果实。雌树的花也是这样，但是结果实，宛如杨梅，可以入药，长久服用，益气充肌明目益颜色。它们的嫩芽可以做菜茹，树皮捣碎了可以做纸，光洁甚好，皮绩做丝可以纺织成布，但是不坚易朽。有一种奇怪的说法，“谷田久废必生构”，不知是什么道理。谷是小米或者稻谷，它们之间有什么必然联系吗？贾思勰《齐民要术》说，楮是一种速生的树木，三年便可以获利。如果种三十亩的楮，每年砍伐十亩，三年轮遍，可以“岁收绢百匹”。裴渊《广州记言》说，蛮夷之人，也就是少数民族了，用楮的树皮做毡子，保温性能很好。楮树腐朽后，生长的菌耳，味道也很好吃。南朝的陶宏景说，武陵人以楮皮做衣帽。这就使人想起同是南朝的陶渊明《桃花源记》的首句“晋太元中武陵人”，他们那时也应该这样穿戴的。这么一想，那些人物，包括作者，不再是发黄，发旧，古奥而迷茫，一下子在我的视野里活跃起来。楮，这种树，成为把我们与他们，那些衣冠高古的人物相联系的通道。而我对于这种通道的认知，足足用了十五年的时间，在一个人的生命里，不算短了。这就不禁感喟，同时又突发奇想，假如把楮树变为北京的绿化树种，到时候，秋风或春风吹起的时候，满城都是翠玉琅玕的小提琴，齐声拉响美妙琴音，该是一件多么有兴味的事情。

## 以树为邻

三年前，我住在西坝河西里。北三环东路从小区的北部穿过。北京的道路大都是正南正北，但是，也有例外。这一段便是，不是从西向东，而是从西北向东南，有一个偏斜的角度。与其相平行的四环路也是在这个位置，把直角变为圆角。原因很简单，为了行车方便，在这个圆角的位置，构筑立交桥，过了桥，路便改变方向。路变了，两侧的景观也随之转变，甚至绿化带的树种，也发生变化。

1998年以前，北三环东路的绿化带种植的是栾树，人行道是白蜡树。过三环桥是东三环北路，分别种椿树与槐树。栾树是一种很有意思的树，残夏的时候开始萌生一种浅绿色的果实，随着气候的凉爽，浅绿的颜色渐渐地转化为铁锈一样的色彩了。这种树在北京不多见，我只是迁徙到西坝河以后才认知的。最先引我注意的，不是它的叶子，卵形的边缘有锯齿形状的缺口，仿佛木槿。花是黄色的，比槐花略微大些。不是的，是它的果实，三角形状的小灯笼，仿佛漂亮女孩子用尖嫩的手指做的手工，天下之大，还有比它更幸福的吗？

相对于栾树，我对白蜡树，要早见识几年。不是在北京，是在湖南的长沙。这种树在长沙很多，道路的两侧都是，颀直、美丽而优雅，是长沙的绿化树种。但我当时并不知道是什么树，回到北京，也是迁徙到西坝河以后，才认知的。当我知道是白蜡树的时候，感到十分亲切。为什么呢？在北方，因为它的枝干直而多做农具的柄，称白蜡杆。揭竿而起，所谓的竿，也可能与白蜡树有关。这么秀雅的树木，联系着农民的饥寒与反抗，知道了这些，心情是复杂的。后来还知道，这种树是一种小虫子的食物来源。这种小虫子吃了它的叶子以后，分泌白色的蜡液，也就是白蜡，是医药与工业的原料。小虫子叫白蜡虫，白蜡树由此而来。

知道了它，包括栾树的有关知识，再谛视它们，不再是简单的一枝一叶，而是或多或少地浸淫着一些情绪的因素在里面了。用辛弃疾的话是“我看青山多妩媚，青山料我应如是”。在它们的树冠下面行走，尤其是雨后，心情是愉快的，对它们的观察也就更为细致了。哪株树的花蕾更丰满，哪株树的果实更硕大，哪株树的叶片更秀媚，真的是，没有一片叶子是相同的。

我之所以绘雕这两种树木，不仅是因为它们的漂亮与我的情绪，重要的因素是，它们是我的邻居，走不了几步，便可以嗅闻到它们的体香。与这样的邻居为伴，好处多矣。最大的好处是，永远不会发生争吵，能够永远和平共处的邻居也就难求。何况，对我们而言，他们提供的总是有利于我们，物质的与精神的。物质方面的至少可以遮荫，精神方面的可以审美，这样的邻居自然应该介绍给读者。

好像是在 1998 年以后，对三环路进行改造，为了容纳更多的汽车，先是将栾树的树冠全部伐掉，随后将它的树干不知运到什么地方去了。最后，将它们曾经生活过的土地用砾石与柏油掩盖起来。谁知道这里曾经生长过那么美丽的树木呢？

栾树的梦不知飘逸到哪里去了，椿树与槐树也成为缥缈的梦境。对槐树，我印象不深，好像是洋槐，有尖刺和雪白的花簇。对椿树的印象则是斧头也砍不掉。硕大苍绿，是那种高大的乔木，北京土生土长的树种。椿的另一个种类是樗。椿的嫩芽可以食用，氤氲着一种淡淡的香气。樗的嫩芽则不可以吃，泛滥一种臭味。不知什么缘故，庄子《逍遥游》中，认为椿树长寿，“以八千岁为春，以八千岁为秋。”对樗，庄子的态度就不一样了。理由是“其大本臃肿，不中绳墨；小枝蜷曲，不中规矩。”是不材之木，不能够做栋梁的。但是，祸兮福所依，既然不能够做栋梁，反而没有人去砍伐它，得以免去斧斤之灾而长成大树，坏事变成好事，可以让庄子发挥他的机智与幽默了。

在北京，椿称香椿，樗称臭椿。樗虽然可以荫庇哲人，自由自在地在它的浓荫下面逍遥徘徊，但我还是更喜欢椿，理由很简单，没有弥漫臭气，在尘俗的社会也就难矣哉。

然而，无论怎样，椿在我的视野里还是消泯了，有时候，难免思念。尤其怀念栾树，我是曾经和它比邻僦居的。孟母择邻而居，好邻居走了，能不思念？半年以后，我从东三环路走过，突然注意到，在便道边缘上栽种了曾经被截去树冠，如今又滋生出绿芽的树木。嫩芽太小，还辨别不出是什么树种。又过了几个月，大概是残夏时分，再一次经过那里，傍晚的光线里，闪烁着嫩绿的色泽，那样秀丽的果实，我的心一下子悸动了。这不是北三环东路的栾树吗？原来它们并没有随风而逝，只是被迫地不声不响地搬迁到这里罢了。在一个从来没有预想过的情景里，突然遇到旧时的好邻居，这样的波澜，仅仅用惊喜表达似乎不够，但一时想不出更好的话语。同时就更加怀念记忆中的椿树，希望它们并不总是在梦境里游移，说不准哪一天，在北京的哪一条道路上，还会遇到它们的。

## 五 柳

在中国传统文人的笔下，柳这种植物，被赋予了太多的女性色彩。原因是它的枝茎纤细，使诗人们联想到女孩子的腰肢。“舞低杨柳楼心月，歌尽桃花扇底风”。这样的腰肢自然是妩媚的、迷人的。当然这是诗人的想法，而且是年轻的正当华年之柳。这样的柳树，如果生长在河干，挽系一只画舫，又往往成为诗人的梦境。而且，最好有一两个绝色的女子，在那里吹出清丽的笛或者箫的韵律，追逐江南丝丝的雨的连绵。衰老的柳树，也难以摆脱这样的色彩，只是演绎为爱情的悲剧，“沈园柳老不吹绵”了。这样的柳树，自然是垂柳，细长的柳枝可以婆娑委地，它的叶子，可以作为女子眉毛的样式。为什么把柳叶的形状与女人的眉毛相连，看到敦煌壁画中的女子，才明白，那不过是当时人的一种审美，并么没有什么不可反驳的道理。

在柳树的家族里，还有一支，叫蒲柳，也受到传统的中国文人的关注。只是这种关注，不再是美丽的女性，而是转化为早衰的男人。东晋人顾悦与简文同年，但头发早白，简文问他何以如此，顾悦回答“蒲柳之姿，望秋而落。”这就令人气短。何以如此？植物学家的诠释是，蒲柳的叶子早凋，故而成为早衰的暗喻。

与蒲柳相反的是柽柳。这是个很奇怪的名字。之所以叫这个名字，据说是柽柳有两个特点，一是同云间雨的精灵相通，天将落雨的时候，柽柳便有反应；一是载负霜雪而不凋，与应霜而落的蒲柳恰恰相反。孔老夫子说，“岁寒然后知松柏之后凋”，被认为具有圣人的资质，是树木中的圣者。耐寒的柽柳也是这样，故而“从圣”。柽柳还有一个美丽的名字叫观音柳，原因是，在中土的佛教里，居于东海的观士音用它的枝叶淋洒圣水。这就与它的枝叶形状有关。枝，柔软下垂，与垂柳相同；叶，细弱如丝，大概易于做洒水的工具罢。一种树木既同中土的圣人，又同西土的菩萨相连，在我的知识里，还是孤例。南齐的时候，益州人向皇帝贡献礼物，这个礼物便是柽柳。一种植物，能够进入贡品的行列，应该是美丽的。史臣的描述是“状如丝缕”，相对于垂柳更加妩媚。

其实，这都不算什么，柽柳的最大特征是，一年之中，绽放三次花朵，因此又名三春柳。只是它的花朵，十分纤巧，难以挑起人们的视线。

在这些柳树之外，还有一种杞柳。这种柳的枝茎发红，有一股韧性，耐湿耐碱，是一种保土固沙的树种。可惜，我没有见过，只见过它的遗骸，被斧子斫去了灵魂的枝条编织的箱子，不像是立柳，在我居住的环境里触目可见。

二十世纪七十年代，我经常从东华门外穿过午门广场。从午门到东华门是筒子河，其北是紫禁城。河侧与宫墙之下种植着年轻的立柳。与垂柳不同，立柳的枝条不是倾侧，而是高耸、舒展的，故而称“立”。一天，黄昏的时候，我惊奇，原来怎么没有注意，那立柳的颜色，娇嫩中泛射一种金黄的光泽。一种比黄金还要柔软的光泽。哦，立柳的颜色原来是可以这样漂亮的。我当时的心悸动了一下。尤其美妙的是在接近午门城台的时候，立柳的色彩发生了微妙变化。

不再是单纯的金黄，而是丰厚了许多，金黄之中掺杂了柘黄的色彩。我后来明白，这是朱红色宫墙的背景作用。这是宫柳啊！

之后，北京的立柳似乎多起来。这或许是我个人的感觉，或许是作为一种绿化树种，与垂柳一样，在北京普及开来。1998 年以前，当时三环路还没有改造，绿化带上种植了很多这样的柳树。那是一天的夜晚，一株紧靠路口的立柳拉住了我的目光。正是残夏，天空焕发宝石一样的蓝色，树冠的绿色充盈着一种洗净了黄昏的清纯，圆润而饱满地描画萧洒的曲线。我从来没有见过这么美丽的柳树。健美、丰盈，圣洁如水。每一条枝茎，每一枚叶子都是那样的秀媚与光洁。这是它一生中最美好的时光了。我不知道它吸引了多少行人的眼光，又有多少人会产生我这样的赏鉴与思索。不久，三环路改造，这株柳树被砍伐了。当然，还有其他柳树，美丽的与不美丽的，都化为灰烬。如果这株柳树还在，它还会那样美丽吗？

拉杂写了这五种柳树，读者或许会问，你喜欢哪种？我说都喜欢，但对于立柳，那株路口的立柳，在情感上，更为复杂，经过那里，难免惘然。

# 宙斯的礼物

## 金合欢以外

友人在手机里焦灼地对我说，雍和宫大街的槐树被砍掉了。我告诉他，那里的行道树，不是槐树，是小叶梣。槐树是北京市树，也是胡同里的乡土树木，被砍伐，难免要引起关注与痛惜。

在北京，砍伐行道树的理由，大致有这样三条：树龄老化、更换树种、遮挡机动车视线。我不知道，砍伐这里的小叶梣是什么理由？树龄老化吗？不是，因为它们僦居这里的时间并不很久；更换树种吗？不是，迁徙而来的还是小叶梣；可能是遮挡视线吧，这里的小叶梣枝叶相连仿佛一座绿色的长廊，对于疾驰而过的车辆或许会有些妨碍。

小叶梣被砍掉以后，这里的道路变得有些丑陋。

小叶梣是速生树种，近些年在北京种植颇多。在我印象中，刚种植的时候，这些树，还保持着在苗圃里的幼小形态，几年以后便枝干岧岧翠叶蓬勃了。在我曾经居住过的胡同，也有小叶梣。胡同北侧是四合院，南侧是楼房，北侧的，亭亭如盖；南侧的，倾仄弯曲，数米之隔，便产生了如此不同的生态。很长一段时间，有一个年轻人在胡同里绘画，对象便是迫使小叶岑倾侧的楼房，浅灰或者暗米色的墙体，倾斜的绿铁皮屋顶，在他的笔端凝结为斑驳的色块。他画布上的西式楼房是民国时期段祺瑞执政府里面的建筑，在当时应该是好建筑，我曾经去过那里，依然保持着往昔的华丽。雨季之前，有时候，可以看到几个工人提着油漆桶，行走楼顶，用刷子蘸满绿漆，把破损的地方涂抹几笔，几天之后，楼顶便焕然一新，绿灿灿的了。当时，还没有小叶梣，这楼顶是胡同里的唯一绿色。

大概是在八九年以前，我那时刚刚卜居亚运村，那一带的行道树，也是这种树。一天黄昏，一名园林工人修剪枝叶，把妨碍车辆与行人的冗枝剪掉，我问他，我那时还不知道这树的名字，他告诉我是小叶梣。回家以后查阅资料知道了，小叶梣原产陕西，因此又以“秦”为称，其皮入药，叫“秦皮”，有泻热、明目、止痢之效。如果是这样，砍伐雍和宫大街的小叶梣，是否是这个原因呢？我没有机会请教伐树的工人，也就不得而知。当然，即使请教了，他们也未必知晓，上级的意图未必传达给他们。

无论什么原因，雍和宫大街的小叶梣终归被砍掉了。

在北京，绿化道路的行道树，当然不只小叶梣，还有其他树种，数量最多的是槐树、杨树与柳树，后两种，生长速度快，是北京的当家树种。大家族之外，还有小谱牒，诸如合欢、泡桐之类。合欢是一种娇媚的树，花朵是丝状的，如果一定要做比喻，可以说是少女的睫毛与唇角颜色的结合。然而，并不是所有的合欢都是绯红色，澳大利亚的合欢便是金黄色的，如果还要套用上面的比喻，那么，此时澳大利亚少女的嘴巴应该是金色灿烂，这又有什么不可以呢？国度不同，颜色不同，背后的文化也不一样。我不知道澳大利亚的金合欢有什么内蕴，在中国，我们的古人则往往把合欢作为夫妻的象征，《玉台新咏》辑有以其为题的五首诗，其中有这样几句："我心羡此木，愿徙著余家。夕得游其下，朝得弄其芭。"很想把它移植到自家园地与其朝夕相处。但是，"尔根深且坚，余宅窄且洿。移植良无期，叹息将无何。"合欢的根系深厚，自家的土壤贫瘠低洼，而难以做到，这么一想，只能发出低微的叹息了。好像是被司马炎斫去了头颅的嵇叔夜说过："合欢蠲忿，萱草忘忧。"古人常将合欢赠人，说是可以消怨和好。萱草便是黄花菜，萱草的花朵晾干了可以做菜。北京有一个地方曾经是栽培黄花菜的菜园，后来改做居民小区，讹音为黄瓜园。而合欢则种植在台基厂大街，1966 年"文革"爆发，台基厂被改为"永革路"，合欢也被砍伐了，理由是这样的树与"革命"不符，"革命"是疾风骤雨，合欢的颜色呢？那样的娇羞，这些人大概忘记了，合欢的颜色与"革命"的颜色是在同一个谱系里吧？

这自然是今天的说法，在那个年代，有谁去关心这些事情，这些行道树呢？大概也是在那个年代，在官园西边的车公庄大街栽下了一种粗枝大叶，树皮乌黑的树，后来知道了叫泡桐。泡桐生长神速，至少是杨树的两倍，几年不见，便长成参天大树。春天的泡桐花，绽放出淡紫的颜色，肥厚硕大，很多花朵连成一串，缀满树冠，十分壮观，行走其下，天空都泛射微紫的光芒。但是我不喜欢，这花朵在我的印象里，总是有些夸张、粗俗的感觉，况且我不喜欢它的香气，香而散发一种微腐的气息。而且，泡桐虽然生长迅疾，却枝干空疏，难为大用，唯一的用处便是烧柴吧。这当然只是我个人的一孔之见，不足为凭。然而，不管别人怎样想，每次我经过那里，都难免涌出一种纠结的感情，可以做青皮的小叶樗被砍掉了，娇羞的合欢早被砍掉了，而这里的泡桐，五十多年，从“文革”到今天，却依然矗立，没有遭受斧斤之痛，这里面有什么道理？一时真的是难以说清，这当然与树无关，与泡桐、小叶樗无关，与娇媚的合欢更无关系了。

## 梦境中的槐树与花朵

2007年我在怀柔买了一套房子。房子所在的小区生长着一种很奇特的树，苍绿的叶子与纵深的树皮，有几分像是槐树，但又不完全像，有点似是而非的味道。最可怪异的是树枝的颜色，是那种金黄的色泽，仿佛与温度赛跑似的，天气越冷，颜色越深，金灿灿的要把冬季的蓝天点燃，把北京枯燥的寒冬也装点得有几分妖娆了。我问小区的管理人员，他们说是槐树，既是槐树，为什么树枝是这种颜色呢？他思索了一会儿，摇摇头，无法解释。

后来知道了，叫金枝槐，是槐树的一种，因树枝的颜色而得名。在北京最多的是国槐与洋槐，国槐是北京的市树，在大街、胡同与庭院里触目可见。与洋槐不同，国槐是中国的土生树种，洋槐自十九世纪末传进中国至今不过一百多年，国槐却承载了太久的历史。按照《周礼·秋官》的记述，早在周代，国槐便被赋予了特殊礼仪。周天子在外朝召见大臣时，九卿位列东西，三公面向国君而立。为了标明位置，避免混乱，在九卿的位置上，东西两侧，各栽种了九株枣树，在三公的位置上栽种了三株槐树，从此三槐作为三公的隐喻，在封建时代成为读书人追求与奋斗的目标。

但是，国槐之于我，我所见到的，最古老者，只是唐槐而已。八十年代，我去西安办事，闲暇之时，参观那里的历史博物馆，当时还未建设新馆，只有很少的一部分文物在孔庙里陈列，在那里瞻仰了不少珍贵的法帖，当然是铭刻在石头上的，还有一只原本陈放在霍去病墓前的石兽，放在庭院里，尾巴高高地翘起来，卷起来，走出那样一种矫健雄武的姿态，使我想到了汉，想到了匈奴，想到了浩瀚的草原，想到了漫天的蓝色星斗和雨一样褐色的箭镞。我在那一刻为什么要想到星斗呢？我至今也想不清楚。参观完了，走出大门，好像是在孔庙的右侧，我看到了几株古树，树干上钉着蓝色的标牌，有编号，写着“唐槐”二字。原来是唐代的槐树呀！我的心不禁微微有些战栗，那个朝代的人，早已化为埃尘，只有和他们同时代的树还在，怎么想，心情都是复杂的。我不禁用手抚摩树干，感到一种秋季阳光的温煦，不像刚才见到的那些法帖与石兽，投射出冰冷的距离。

再晚一些，我所见过的，就是明槐了。这株明槐在景山公园，景山的东麓，“文革”之初被当作“四旧”砍伐了，而景山公园也被改叫“红卫兵公园”。在我的印象里，那株槐树似乎微微有些倾仄，崇祯就是在这里自缢而亡的。为此，后人在这株树上悬挂了一段铁链，铁链上系着一只铁索，因为在这里吊死了一位国君，而被称为“罪槐”。

据说，李自成的部队攻入北京以后，大索数日，从宫里到宫外，最终在这里发现了崇祯，他的对面是王承恩，也自缢在这株树上。王承恩是跟随崇祯的唯一内监，如果没有他的陪伴，崇祯就真的是孤家寡人了。北京有一句俗语：“叫王承恩了”，那意思是到最后关头了。1930 年，故宫博物院延请沈尹默先生书丹勒石，次年将“明思宗殉国处”的石碑立在树下。1944 年，在日本人战败后的前一年，这通石碑被拆掉，重新树立了一通石碑，傅增湘撰文，书丹之人换成了陈云诰。1955 年这通石碑也被拆掉，换为木质的说明牌，书于木牌之上的文字不再是对崇祯的叹惋，而是改为批判了。当然会是这样的，因为社会的价值体系发生了天翻地覆的巨变，还会有谁再去同情一个亡国之君呢？然而知道这节历史的人仍然难免心存戚戚。在那一晚，崇祯将小公主砍死，大公主砍掉了一支胳膊，让三个皇子逃出皇宫，有一个皇子逃到他的外公家，也就是崇祯的老丈人周奎家，周奎先是不纳，后来向清廷告密，把这个皇子献给了多尔衮。据《烈皇小识》记载，崇祯在砍杀公主的时候说了这样一句话：“奈何生我家中？”长于皇宫本是幸事，但这也是有条件的，如果是鼎革之际，像小公主那样，就真的是不幸了。

1981 年，“文革”结束五年以后，在“明思宗殉国”石碑处，移植了一株国槐，但是树龄稚少，与那一段历史，差距过大。十五年以后，1996 年，建国门内北顺城街 7 号门前一株有一百五十多年树龄的古槐被移植过来，替代了 1981 年的槐树。虽然树龄仍然不足，但毕竟是大树、古树了，给游人的感觉，也就不那么不可信了。那两座废弃的石碑也重新树立起来，历史似乎又回到了原点。徜徉于此，不知别人做如何之思，对我而言，总觉得这国槐承载了太多的人文负荷，不像涉海远来的洋槐那样轻松自然。有一年，我外出办事，路经府右街——景山公园西南的一条路，正是雨后，洁白的槐花落满了濡湿的黑色路面。没有行人的履痕，也没有汽车的辙印，只有我在碧绿的树冠下面踽踽而行。落满了槐花的路面美丽极了，雪白而略泛淡绿的花朵，把道路熏染出几分香气，华丽而厚重，仿佛珍贵的锦缎。槐树原来是可以这样装扮我们的！但愿在我的梦境里，出现更多的是这样的槐树与这样的花朵，美好而无忧，自在而无虑的槐树与花朵。

## 宙斯的礼物

还是在上世纪九十年代，我那时在单位负责文学函授，组织学员去长沙做笔会。那次笔会的内容十分丰富，在岳麓书院请作家给学员授课，组织学员去橘子洲体验“独立寒秋”的味道。那时的橘子洲还没有改造，湘江两侧也还没有树立起灰色的塔楼，总之，还保留着自然的原生状态，不是今天城市公园模样。

我们去橘子洲的那天，柔灰的天空里飘洒着牛毛细雨，有一个小姑娘的鞋子湿透了，她对我说，明天她去厦门鼓浪屿去看望舒婷，舒婷肯定会见她，她们已经约好了。小姑娘很小，也就是中学生，眼睛十分清澈，乌黑的瞳仁中有一束微妙的火焰在闪动。她在这一刻想到了什么，我不得而知，但是说到舒婷，往往会使人想到她的代表作《致橡树》，想到铜枝、铁干，之类的言辞，“我有我的红硕的花朵，像沉重的叹息，又像英勇的火炬。”能够绽放深红、硕大的花朵，自然是木棉，在广东，木棉被称为英雄树，也是身躯伟岸之树，只有这样的树才可以和橡树相匹配。

但是，在中国，颂赞橡树的作品并不多，在我的记忆中，橡树的籽可以实用，是山里人饥馑年代的食品，似乎在唐诗中有一首这样的诗，现在却一句也想不起来了。再有，便是《本草纲目》中有关橡树的记载，它的果实可以“涩肠止泻”，它的树皮可以治疗臃肿，它果实的壳也可以止下痢，并且可以作为染剂，染布，染“须发”，然而不耐洗，浸泡几次，颜色便暗淡了。总之，是一种很实用的树，不像是在欧美国家，笼罩着一种神秘色彩。在希腊神话中橡树被视为圣树，据说，在宙斯的森林里，矗立着一棵参天的橡树，宙斯便通过这株橡树叶子的沙沙之声而对人类进行晓喻。为什么是橡树，而不是其他树木？因为这是宙斯的礼物，其他树木哪有这种资格呢？在英伦三岛和法兰西等大陆国家，早期的巫师叫德鲁伊，意思是知晓橡树的人，德鲁伊把橡树视为沟通上苍与人类之间的管道，而且连带着寄生在橡树上的槲寄生也礼拜不已。他们认为，采集槲寄生必须在满月或者新月的夜晚，只有在这样的夜晚，才可以举行采集仪式，在月亮升起的时候，最高级别的德鲁伊——大德鲁伊，身披白袍，手持黄金镰刀爬到橡树上面去割取槲寄生。

槲寄生的果实有红、白两种颜色。红色的果汁对女性有一种特殊作用，可以预防不孕之症，因此，在英国有一句家喻户晓的话："没有槲寄生就没有幸福"，称其是"生命中的金枝"。但是在北欧，槲寄生却是死亡的象征。爱神弗丽嘉的儿子——光明之神巴德尔，被邪恶之神洛基用槲寄生的尖枝刺死了。弗丽嘉悲痛无比，没有想到她的眼泪却化解了槲寄生的邪恶，救活了儿子。于是她承诺，今后无论谁站在槲寄生之下，都会被异性亲吻。这个神话后来演化为西方圣诞节的一个传统：倘若有女子经过或站立在长有槲寄生的橡树下面，旁边的男子便可走上前去亲吻她。这当然是在西方，东方则不是这样，如同橡树，槲寄生也不过是普通草药而已，哪有什么神奇的魔力呢？

地域不同，文化不同，对植物的理解也大相径庭。遗憾的是，我至今没还有机缘见到槲寄生，也许曾经见过，无人指点而错过了吧。然而，我是见过橡树的，第一次见到橡树，也是在上世纪的九十年代。那一年，去慕田峪长城旅游，正是漫山红遍的秋季，说是漫山，其实有些夸张，因为并不是所有的树都炽烈地燃烧，只是红者居多而已。我注意到一种树，招展着一种阔大的叶子，红得十分厚重，朋友说这就是橡树。因为栽种的时间不长，还处于幼年状态而枝柯尚细，很难叫人联想安德烈王爵眼里的那株枝丫有断裂，树皮有瘢痕的老橡树，透过坚硬的古老的树皮，以至没有枝子的地方，都滋生出了令人无法相信的黏滑的嫩叶，安德烈王爵陡然涌起了"一种欢喜和更新的不可理解的春天感，他一生最好的时刻突然都记了起来"。不知别人读到托翁这节文字会泛起什么波澜，我当时的心是悸动了一下的。我也希冀遇到这样古老的橡树，在苍翠如云的树冠下面盘桓、静坐，想想过去的人生与难得的幸福，或者学学毕达哥拉斯一类的西哲，计算一下黄金分割的数据。同时我也希望在某一个植树的日子里，栽种一株幼小的橡树，几百年之后还屹立于北京的某个社区，北京是一座古老而年轻的大城，为什么不多植些美丽的大树——比如这宙斯的礼物，环球同此凉热，有什么不可以呢?

# 冬天的树木

## 一

元丰六年十月十二日，夜，苏轼到承天寺见张怀民。为什么要选择这个时间？苏轼的解释是，其时“夜色入户”而清澄甚好，但是没有可以一道的赏月之人，于是想到了他。与苏轼一样，张怀民也是被朝廷贬斥的官员。苏轼元丰二年来到黄冈，张怀民相对他晚到了四年，与苏轼同属“闲人”，用苏轼的表述是“但少闲人如吾两人者”，难免有相惜之感。

到了承天寺，怀民亦未寝，于是二人在庭中蹀躞踏月。苏轼与张怀民说了些什么，在苏轼的笔端没有留下一丝迹印，只是描绘了其时的月色与树木的暗影：“庭下如积水空明，水中藻荇交横，盖竹柏影也。”月光清朗如水，柏树与竹子的影子仿佛交错的水藻与荇菜。藻，是一种水生植物，叶子细小犹如鱼鳃形状；荇，亦是一种水生植物，叶形如心，背紫面绿，夏天时绽开黄色的花朵。竹子与柏树的叶子形状各异，它们被月光之刃雕刻的阴影，自然也是不一样的，因此苏轼要用两种水生植物进行比喻。可惜他没说明，何者为藻，何者为荇，从而给我们留下推想的空间。

苏轼在文章开头记录的“元丰六年十月十二日，夜”，当是农历纪年，此时已经进入冬季，那时的柏树与竹子，月色中被苏轼描绘得多么诱人！如果是白昼，冬天的树木该是怎样呢？那时的树木，脱尽了叶子，一枝一丫完全袒露出来，“洞庭波兮木叶下”，呈现的是另一种美丽，也是值得我们留恋与珍视的吧。

## 二

我年轻的时候在一家工厂做工人。当时这家工厂正在转产，为此对原有的厂房进行改建。我那时刚进厂，被分到厂里的建筑队做架子工。架子工就是搭脚手架，准备修建的厂房有多高，脚手架就搭多高。那时搭架子的材料只有两种，一种是杉篙，再一种是细钢筋——用钢筋把杉篙绑在一起，之后再用钎子把钢筋拧紧。每一根杉篙长三米多，十根杉篙连接起来就有三十米，至少是十层楼的高度了。至于杉篙属于什么树木，当时是想也没有想过的。

九十年代我去四川峨眉旅游，休息的时候，身后是一座茂密的树林，黑压压的，用常见的文学家的表述是：“在里面可以看见星星”。在里面真的可以看到星星吗？我没有进入，也就没有这样的经验。在当时，我首先想到的是《水浒传》中两个坏公人准备杀害林冲，去沧州途中的那样一座“猛恶林子”“烟笼雾锁”，有多少好汉被扑杀在里面。在施公笔下，烟雾把树林笼罩起来，给人的感觉是否就是“黑压压”呢？我想，大概会吧！当然，树木的种类是不一样的，在林冲眼中是松树；在这里，是柳杉，笔直而高耸的柳杉，我年轻时做架子工时的杉篙或者取材于它吧！

还是在四川峨眉，见到柳杉不久，又见到了水杉。柳杉的叶子沉重、深绿如同绿色的尼龙拉链，水杉则轻巧许多，仿佛翠绿的羽毛凌空招展。水杉与柳杉虽然属于同类树种，但二者的命运却迥然不同。有很长一段时间，植物学家认为，由于一万年以前新生代第四季冰川的作用，水杉从地球上消泯了。1941 年日本植物家三木茂在研究红杉化石时，发现了水杉化石。水杉与红杉的区别是，红杉的叶子是互生的，而水杉叶子却是对生的。他判断这种被一般古植物学家认为是红杉的化石，其实是一种新的植物，应该列为一个新属，于是把它定名为“变形红杉”或“亚红杉”——也就是水杉。他却哪里料到，被其定名为亚红杉的树种，同样是在 1941 年，在四川万县的磨刀溪，被中国的植物学家发现了活体呢。从此水杉走出国门，成为著名的绿化树种。

几年以后，在北京，我也见到了水杉，在我住处附近的绿地里，生长着三株水杉，两株靠得近些，另一株远些。开始的时候，三株水杉各自生长，各自展开秀丽的树冠。后来，距离近些的那两株水杉，相向的树枝减缓了生长速度，另一侧的树枝则依然自由生长。又过了一段时间，两株水杉的树冠连在一起，远远望去好像是一株大树。而另一株，树枝仿佛是用尺子精确测量过似的，围绕树干均匀有序地生长。北京有一句俗话，“山好能容四面看，”美丽的树，美丽的水杉也是这样吧。很快，这三株水杉的高度超过了其他树木而格外引人注目。峣峣者易折，我担心这些水杉，很快我发现附近的雪松有一株被大风吹断了头，而水杉却依旧不停地向上奋斗。

秋风宛如清澈的溪水，水杉被一点一点浸透，从翠绿转化为砖红的颜色，不久砖红色也看不见了，树冠变得光秃秃的，周围的树木也变得光秃秃了。树木不同，树冠的形状也大不一样。银杏的树冠高耸稀疏，只有大枝而几乎没有小枝；山楂则树冠茂密，无论是大枝，还是小枝，都尖耸向上。山楂的小枝很短，好似刮胡须的刀片锐利而坚硬，行走其下，总有一种惊悚之感。

在这些冬天的树木中，有两种树木优雅、瑰丽。一种是梧桐，一种是国槐。梧桐的树冠好像是放大的“连香”的心形叶片，淡绿而有斑点的树枝向外伸展，之后再向树干靠拢，每一层树枝都是如此，一层一层直至树梢为止，勾勒出一个优美的桃形的弧度。国槐呢？树冠浑圆茂密，大枝与小枝密集交错，在我居住的附近有两株国槐，树冠也是靠拢在一起，在叶子落尽的时节，犹如硕大的雕镂的沉香木折扇，有谁——能够扇动它？椿树就很怪异，树冠乌黑，无论是大枝还是小枝，都采取不断曲折的姿态而骨感强烈。柳树则依然保持柔顺的形态。有一株被砍去了树冠，从树干的顶部滋生出了三条新枝，每一条树枝又滋生出小树枝。每一条树枝都是纺锤形状的，三个纺锤组合为一个更大的蓬松的纺锤。

相对这些树木，冬天的水杉又是另一种风度。静穆而高雅，尊贵而寂寞，没有了叶子，咖啡色的树冠变得透明清爽起来，仿佛镂花的金字塔。有一天，我路过一座水杉林，黄昏时候的太阳恰好位于树林背后，在落日的映照下，所有的水杉都放射出绯色的光芒。那光芒又纤长又曼妙，努力而幸福着，使我不禁想起前苏联诗人曼德尔施塔姆的一首描述杨树的诗：

在淡蓝色的珐琅上
仿佛　四月里的思绪
白杨树枝升起
……

这里的水杉也是如此吧！在不知不觉间“黄昏降临 / 花纹精致而细密”，“仿佛瓷盘上 / 刻意描绘的图案”。只是，在这里，在我的眼际，不是蓝色珐琅，而是金色珐琅，在金色的珐琅上，水杉将自己所有的美丽都刻画在冬季的天空上了。

# 次第花开

“我书桌下边的抽屉里有一个小信封，信封上标着‘星尘’两个字，里面是一些从一颗陨星坠下的地方下所收集的尘碎，是一位朋友送我的。有时我也让这些曾白热地在天上流射的物体在指头间溜过，一时仿佛接触到无穷无尽的太空。当我们注视着艾佛格莱上空的星座慢慢地移动时，我便记起那个小信封里的星尘。”这是艾温·威·蒂尔（Edwin Way Teale）《天上的春》开头的一段文字。

蒂尔是美国自然主义作家，他在1951年出版了一部记述美国山川风物的著作，分春夏秋冬四册出版。1966年，获普利策奖。1988年引进我国大陆，印三千册，属于小众读物，但是我极喜欢，《天上的春》便出自他的《春满北国》。

《天上的春》结尾是，春天存在大地上所有的事物里，它是蒲公英的金黄，草间的新绿，是半空的灰色积云，是新翻泥土包孕水分的气息，是溢满雨水的濠沟，沼泽里的红枫，雏鸟的啁啾和渐次绽放花朵的植物。“天体的运行像个庞大的时辰钟，不迟不早，不停不速，经过千百次的回复，又把春天送到我们的天空，地上和周遭的海面了。”此时，大熊星座处于正北方，北斗之柄指向东方，在我国，冰河解冻的北方土地上，腊梅开始细细吐蕊，群山含笑而纤云如梦，百花渐次灿烂地展开笑靥了。

## 一

读《瓶史》，袁宏道开篇写道，“燕京天气寒冷，南中花木多不至者”，比如桂花、腊梅之类，即便是通过人为之力来到燕京，也就是北京，却“率为巨珰大畹所有”，不发达的穷文人只能寻觅一枝两枝，养在瓶中欣赏。袁宏道说，他曾经看见一户人家用一尊年代久远的铜觚养花，觚上“青翠入骨，砂斑垤起，可谓花之金屋。”这是上等养花的器皿，次一等的是官窑、哥窑、定窑一类瓷器，既滋润又细媚“皆花神之精舍也。”当然还是古铜之器为好，这些器物深埋土中，“受土气深，用以养花”，很适宜花的生长，当然陶土做的瓶子也是好器皿，养在那里的花颜色明艳，速开迟谢，甚至可以“就瓶结实”。在瓶中养花，春季应是梅花，海棠；夏季是牡丹、芍药；秋季是桂花与莲、菊；冬天是腊梅。在房中摆花的时候，要有主次之分。以梅花为主的时候，以迎春、瑞香、山茶为辅；海棠为主，以林檎、丁香为辅；石榴为主，以紫薇、大红、千叶、木槿为辅；莲花为主，以山礬、玉簪为辅；腊梅则以水仙为副。在器物的选择上，腊梅要养在高形状的器物里，水仙则要置放在低矮的池盆中。一室之内，荀香何粉而各擅其胜。

近些年，腊梅一类植物，在北京开始多起来了。不仅是腊梅，还有玉兰、红梅，在我的印象里，过去看玉兰只有颐和园与大觉寺等处，现在居住的小区里都可以见到，只是年龄尚稚，花朵微弱，虽然清新可爱，但却缺少玉堂华贵的气象。我们单位的腊梅，也是近些年栽种的，也属于尚幼的年龄，算不得老梅。花开的那天，年轻的同事给我发来一组照片，金黄的花朵缀满枝丫，似乎可以闻到幽寂的香气。翌日，天空飘舞雪花，同事又发来照片，在白雪的覆盖下，有些花蕊甚至也堆积了雪粒。我当时的感觉是颤栗了一下，北京冱寒，腊梅绽放最早也要到二月，往常已是东风娇软，却哪里料到今年碰上了大雪，但腊梅之美或许正在此时汹涌地呈现出来吧！

在北京，看腊梅有两个地方，一处是香山。去年我与徐路经那里，远远瞥到斑驳的黄色花朵，我怀疑是迎春，然而此时花期尚早，香山又不比城区有热岛效应，怎么会开花？走近端详原来是腊梅，可惜刚刚冒出嫩黄的蓓蕾，再晚几天该是另一番热闹景象。那里的腊梅也是年龄尚浅，是园林工人近些年才扦插的，枝丫的顶端还留着剪刀的切口。

卧佛寺近年也栽种了不少腊梅，集中在山门与丹陛东侧。我们去的时候，赏花之人颇多，但我们感兴趣的是后边的老梅，找来找去找不到。问天王殿前面两位卖香的工作人员，右手的女同志说，就在天王殿后面。我们又去后面，还是没有找到。再返回询问那个女同志，她有些不耐烦了说，“就在后面，大铁杠子锁着！”为什么要大铁杠子锁着呢？一时想不明白。我们又回到天王殿后面，没有，后面的三世佛殿，还是没有，再向后走到卧佛殿，依旧没有找到。众多的人把点燃的香放到香炉里，间断地闪烁出黄色夹杂赤色的火焰。礼佛的人排着队缓缓挪动，我们无心细看，只是找那株老梅。从殿东到殿西，还是没有找到而简直有些绝望了。绝望中，再绕回到三世佛殿，蓦地看到殿东丹陛下面有一处绿漆围栅，颜色有些发灰了。围栅里伸出几条暗白的枝干，绽出浅土色的花朵，这是那株老梅吗？

我们跳上丹陛，看到佛殿东窗下立着一块黑色大理石碑，填金的说明文字，介绍这株老梅是："相传值于唐代"，并不美丽而花朵纤小，花瓣的末端雕刻出曲折的尖齿。读《花境》，腊梅有"磬口"、"荷花"与"狗英"三种。磬口深黄，虽盛开而"半含"，"若瓶供一枝，香可盈室。"这是最为世人珍贵的品种。荷花是"近似圆瓣者，皆如荷花而微有香。""狗英亦香，而形色不及。"我们面对的这株唐梅应该是狗英吧！

位于山门东侧的腊梅则是磬口，金色逼人，花蕊深红，有一层蜡的质感，泛射着幽细的光泽。每一粒花都是一颗小小的心，被温暖的爱意萌动而散发郁馥的香气，我觉得是茉莉，徐说是金银花的味道，或者二者兼而有之。山谷诗云："香蜜染成宫样黄"，郑亨仲道："蜜脾融液蜡中开"而的确不虚。每一株腊梅下面，至少围拢十几个人，每一个人都认为对方妨碍自己而纷纷将手臂伸长，用手机拍摄自认为是最好的腊梅。我们也加入拍摄队伍，却怎么也找不到满意的角度。徐向他人"偷艺"之后对我说，有人只拍一枝，以天空为背景，化冗杂为单纯。受到这样的启示，我们也选择了几丛花束，以庙宇的丹墙作背景，拍出来效果也还不差。

离开卧佛寺的时候，游人开始海潮一般涌来，彼时腊梅周围的手臂应该密如森林吧！庆幸的是，我们来得尚早而避免了“森林”之中的拥挤，如果换位思考，假如我是腊梅，面对如此众多，如此疯狂的膜拜的人流，会产生怎样感受？在如此之多的“粉丝”，也就是“腊粉”的拥趸之下，腊梅们高兴还是不高兴？这当然是庄周式的假设，汝非鱼，安之知鱼之乐；汝非我，安之我不知鱼之乐？

还是说袁宏道。北京多风沙而古今如是，“空窗净几之上，每一吹号，飞埃寸余”，室内的桌、几之上堆满厚厚的尘土，养在瓶里的娇嫩花朵也被污染了，需要“经日一沐”。清洗的时候，不可以付之“庸奴猥婢”。理想的状态是，不同的品类的花配上不同品类的人，在《瓶史》里，袁宏道设想：清洗梅花的人应为肥遁山林的隐者；清洗海棠，应是有韻致的雅士；菊花“宜好古而奇者”；至于腊梅，最好是“清瘦僧”——一个清癯的“骨立”僧人，这当然是袁宏道呆坐寒斋里的梦幻玄思，但想想总可以吧。这么一想也就释然，而腊梅呢，卧佛寺的新梅与唐梅，用大铁杠子锁着，那位女工作人员为什么这么说？

## 二

同事在微信里发来两张玉兰花的照片，一张白色，一张紫色，白色的尚处于花蕾状态，宛如一枚精致的瓷制纺锤。

紫色的已然开始绽开，最外层的花瓣向外伸展，花瓣下垂，淡紫的颜色，轻轻地向下流淌而逐渐加深，到了花瓣尖端，便仿佛凝固了一般，紫得有些发黑了。

我询问，这是哪里的玉兰，回复是在单位拍摄的。我们单位在文学馆路，我家附近的玉兰呢？黄昏时，我和妻子去亚运村公园，来到我们熟悉的玉兰下面，丝毫没有开放的意思，只是花蕾比前些天略微粗大，颜色有些发绿了而已。

过了几天，在我居住的小区见到桃花了，是那种常见的山桃花，迟疑于妃红与粉白之间，并没有“桃之夭夭”的灼目之感。那株桃花的环境十分湫隘，前面是三个黑色的垃圾桶而肮脏不堪。每天向这里倾倒垃圾的人，看到这样美丽的花朵会有什么感想呢？而我路过那里则难免不生感慨，叹惋这样的花与这样的命，何遇人之不淑也！相对这株桃花，还有一株，在亚运村公园东门南侧，树形舒展优雅，然而花期晚，比这株桃花至少晚二十天。而这时，大多数桃花也已经吐出自己的花朵，红深粉暗，娟秀而清纯。近年，北京街头栽种了不少桃花，时时可以瞥到它们簪花的身影。宋人有诗：“杏花疏影里，吹笛到天明”，可惜不是桃花，如果是桃花呢？

在北京，如同桃花，玉兰近年也多有栽种。只是身形尚幼，还不能完全打动人心。观赏玉兰，还是得去三个地方，一处是大觉寺，一处是潭柘寺，一处是颐和园的乐寿堂。大觉寺的玉兰在四宜堂。有一年，我路过其下，恰好一阵罡风吹过，花朵纷披，刹那之间每一片花瓣都奋力张开，犹如飞翔的洁白鸽群。这当然只是我的瞬间感受，现在写来已然消减了几分。在美丽面前，文字是苍白孱弱的，彩云易散琉璃脆，柔毫纤纤又有什么办法？

三月初我和妻子去颐和园，经过乐寿堂，那里的花苞已经蓬松，有一种毛茸茸的感觉。据说乾隆时期，这里广植玉兰，有“玉香海”之称，沧海月明珠有泪，现在仅余两株了。一株是白玉兰，一株是紫玉兰，花放之时，游人如织。现在也是游人如织，只是没有人在树下驻足，我看了一眼，东侧玉兰的树巅，安卧一只淡灰色的鸟窝，不知是什么鸟，在这里筑巢。如果在似锦流年的风娇日丽时节，这个鸟窝会焕发怎样一种旖旎华丽的气象呢？可惜我来得尚早，如有机会，迟些天还应再到这里访问。

昨天，我去单位授课，因为去得早，在教学楼前面的林地徘徊。这儿也是嫣红姹紫，粉黛不一，忽然看到几株开满绯色花朵的树，我以为是桃花，随意走过去，却看到树枝上悬挂着蓝色的铁牌，写有这样的白色字迹：“人面桃花梅花”，原来是梅花呀！这真的叫我大为惊诧。在我的印象里，北京只有腊梅，淡黄而细碎，有一层滑腻的蜡质，却不知道还有这样梅花的种类，不仅是这样，在我流连的林地，梅花的种类颇多，检阅树上的说明牌，还有“美人梅花”、“垂梅花”、“燕杏梅花”、“丰厚梅花”、“淡丰厚梅花”、“腹瓣跳枝梅花”。“美人梅花”是娇红色的，其他几种都是皎洁如玉，花萼浅绛的娇嫩模样。记得早年读《红楼梦》，对大观园里的红梅印象十分深邃。当时读过一些红学文章，有些研究者主张大观园应该位于江南，理由之一就是梅花，他们认为北地苦寒，不宜左家娇女，现在看来未免失之偏颇。然而，那些梅花，曹雪芹腕底的红梅飘逝到哪里去了，大观园里漂亮的男孩子与女孩子消遁到哪里去了，真的被历史的埃尘遮蔽了吗？

天气渐次温暖起来，亚运村附近的玉兰也渐次开放，晶莹雪白，艳丽绀紫，还有一种介于二者之间的二乔。当然，看二乔，还是得去潭柘寺，那样一株大树，脂粉琳琅，明霞灿锦，把四月的娇娆，缓缓地聚为焦点，这样的绚丽当然只有玉兰自己知道，旁人如何可以分享？据说，潭柘寺每年要举办玉兰花节，有一年玉兰突然将花期提前，让举办方有些措手不及，很是狼狈了一番。花自有花的道理，我们何必强作解人。

当然没有必要。每一种植物，每一株树，都有自己的定力与花开时间。近日，海棠也已经盛放，嫩叶尖新掩映胭脂一样颜色的花朵，盛开与含苞待放的，红娇粉艳，搅得人心旌摇摇。晏殊有词，东风又做无情计，艳粉娇红吹满地。现在是东风尚未吹起而春光袅袅香雾空蒙，是海棠们最幸福的时光，“故烧高烛照红妆”。红妆也就是盛装，芳菲女子的盛装打扮该有多么妩媚！就这样，周围的花朵次第绽放了。只是那株桃花，亚运村公园东门的那株，依旧保持一种对春风的冷漠，然而尽管冷漠，也毕竟放射出深赤的花芽。今天晚间路过那里，夜空蔚蓝苍茫，一树花蕾仿佛旋转的瑰丽星云。

# 北京的野菜

北京有两种以“苦”著名的野菜，一种是苦荬菜，一种是苣荬菜。“荬”，在口语中，读“模”；“苣”读“曲”，简称“苦模”与“曲模”。

这两种野菜都是菊花科，但是细分起来不是一个属类。苦荬菜是苦荬菜属，苣荬菜是苦苣菜属。苦荬菜是一年生草本，苣荬菜则是多年生的宿根。在黑龙江，苣荬菜也叫做小蓟，是治疗肝病的中草药。但是专家不认可，因为它并不是小蓟，药效不一样而有假冒之嫌。

但是，虽然并非同属，苦荬菜与苣荬菜，还是有许多相似之处。它们的叶子，初生时都是贴着地皮，从根部向四面发射仿佛粗糙而有缺口的绿色光芒。它们的花朵呢？也都是金黄色的，模拟太阳的光而努力地向四周放射，把棕色的土地一点一点灼燃。

春天的时候，苦荬菜和苣荬菜是北京人喜欢的食品，在公园绿地或者田角山坡，不免见到挖野菜人的身影，他们蹲在那里，用一把小铲子，把苦荬菜与苣荬菜挖出来，带回家用清水洗净，根部白嫩，茎叶新绿，蘸着酱吃，清脆爽口且有败火功效。对这些人，园林工人很反感，往往在绿地上放一个牌子，上面写道："此处喷有农药后果自负。"然而，如果是非绿地，苦荬菜和苣荬菜就没有这种幸运，难以受到园林工人的呵护了。

有一年，我和妻子去怀柔山区的一个村子玩，那是一个半山区的小村子，原本寂寂无闻，有本事的农民都出山进城了。一个美国人发现这里打开窗就可以看到长城，于是买了一所农民的院子，将其改造为会所，在这里举办小型国际会议，每年到这里开会的人都要提前申请。我们去的时候，这个村子的农家院不再有人出售，凡是地理位置好的，基本都被改造，或者改造为旅社，或者改造为度假的别墅，颇有旅游景点的味道了。有一个农家小院被改造为饭馆，大门虚掩，我们推门进去，里面是一个细长的院子，有一排平房，一个石碾子和一丛粉红的桃花。我们来得早，不是饭口，大师傅还没有上班，寂静的屋顶上峭立一座砖砌的矩形烟囱，顶端出口用两块瓦片对接，拼出一个洁净的浅灰色的弧形，一只漂亮的喜鹊，踮起脚尖立在上面，"喈喈"鸣叫。突然想起了鲁迅，想起了《故事新编》里的《奔月》，"虽然并不笑，颊上也还有浅浅的酒窝"那样一句关于嫦娥的话。如果是乌鸦多好，可惜是喜鹊，不能做"乌鸦的炸酱面"了。这家饭馆以北京炸酱面做招牌，但是价钱昂贵，真的好吃吗？

我们找了一家高坡上的饭馆，这是一家四合院，四面都有房子，前檐安装落地玻璃，有大厅，也有单间，单间也是落地玻璃。这样，单间与大厅之间可以相互"透视""肝胆相照"。我们在大厅里坐下，服务员走过来问我们要什么菜，我看看菜谱，上面有清炒苦荬菜和地三鲜，便点了这两样。之所以点这两道菜是因为：一、我们从来没有吃过苦荬菜，来到这座小山村，尝尝这种久负盛名的野菜，不是一件有意思的事情吗？二、地三鲜有多种做法，食材不同，味道也不同，这家饭馆的食材有些特殊之处，怎样的特殊，现在已然淡忘了。青菜易熟，原以为可以很快吃到，却不料久候不至。等候的时候，蓦地看到院子里有一条可爱的棕黄色的大狗，伸出前爪拉大厅的门，将要拉开的时候，单间里的主人走过来，把门关上，不让它进去。大狗用爪子拍拍门，无奈地摇摇耳朵回到院子里。这扇门两面开合，既可以推也可以拉，凭大狗的爪子很难把门拉开，但是如果大狗站起来，把身子趴在门上“歪”一下，借助体重便可以毫不费力地进去。我很想把这个方法教给大狗，但考虑到主人的态度，这样的念头也就夏日流星似的一闪而过。大狗进不到主人那里，很不甘心，每当有食客进来，便奔跑过去，但总是在接近房门的时候，那门便霍地关上。反复了几次，大狗才倏地瞄准一个机会，跟着吃饭的客人进入大厅，跑到主人所在的单间，蹲在门口笑眯眯地凝视主人。主人看看它，把它牵进去，大狗欢快地在桌子下面钻来钻去，但是很快便被驱逐出来。它做了什么让主人不高兴的事呢？在这家饭店外面，我们见过主人与这条大狗。主人和妻子、孩子照相，大狗兴奋地从汽车上跳下来，蹲在旁边欢喜地看着他们。和主人在一起的，还有一对年轻夫妇和老年夫妇。我们判断这可能是祖孙三代，三个家庭组合。

比我们晚来的食客，点的菜陆续送上来了，而且有些已经吃完离开，苦荬菜和地三鲜却迟迟没有消息。我们问服务员，她说，今天厨师比往日少，忙不过来。我说，我们点的都是青菜最容易做，为什么难熟的鸡鸭鱼肉反而快呢？服务员支吾几句，便不说话了，只是答应我们再催大师傅。又过了很久，苦荬菜终于送上来，我吃了一口，极苦而难以下咽。又过了半天，地三鲜也终于送来，妻子说，今天不应该来这家饭馆，你点的都是便宜菜，人家赚不到利润怎么会给你做？我埋怨她为什么不早说，她笑道，我也是事后诸葛亮。你难道忘记了《圣经》里的一句话：盲人岂能领盲人，两个人不是都要掉进坑里了吗？

这是我第一次吃苦荬菜，真的是这样苦吗？晚间睡觉时，想到白天的事，突然觉得有些怪异甚至好笑，笑我自己见识不多，吃出了那种地老天荒的苦味。或许就是这样，否则怎么会以“苦”打头，而且还有诸如“苦碟子”“苦丁菜”之类的别称？

然而，事情似乎也并不那么简单。过了几天，无意中在网上搜到一则关于苦荬菜的文章，信手转录下来，作为一个小小纪念。依据那篇文章的说法，苦荬菜有多种吃法，可以凉拌、可以做馅、可以炒菜，也可以做汤，甚至可以泡茶而颇有风味。但是无论怎样，首先都要将洗净的苦荬菜放入沸水里焯一下，迅速捞出，洗出苦味，挤干水分之后待用。吃苦荬菜是要把苦东西挤出去的呀！这么一想，口腔里难免生出一丝苦味，而在苦味中突然忆起山村中那只漂亮的喜鹊与那条大狗，棕黄色可爱的大狗，喜鹊与大狗，你们还好吗？

# 蓟

去巴黎旅游，如果只在白天出行，而没有夜晚时分的游览，无论如何是一件缺憾之事。为什么？简单地说，白天是看巴黎景物，夜晚则是品味巴黎的氛围，熏风吹拂，衣襟都幽微地沾染旖旎的香气了。我们居住的宾馆位于巴黎边缘，返回的时候，几乎穿过整个市区，因此香气格外凝重。路途遥远，回到宾馆，低垂的夜雾已经十分稠密了。

第二天早起，我和妻子在宾馆附近散步。宾馆左侧有一片农田，荒凉的田埂上留有不少植物的残株，苍黑的枯叶蜷缩在植株上，辨认不出是什么植物。突然，在残株里，我见到一株绿色植物，我和妻子走过去，发现竟然是蓟！在法国怎么会有北京的蓟呢？这真是一件很怪异的事情。

蓟，是北京的土著植物。在我的记忆里，蓟的出现和中国历史上一个大事件有关。周武王十一年，武王伐纣。那一年，武王从河南的孟津出发向朝歌进军，纣王发兵七十万抵抗武王。纣王的兵马虽然众多，却多怀二心，“皆倒兵以战”，也就是倒戈。纣王没有办法——他唯一的办法就是跑到鹿台上，“自燔火而死”。武王取得了胜利，成为诸侯之首，也就是周天子。之后，分封诸侯，第一件是追思“先圣王”，封

“神农之后于焦”“黄帝之后于祝”“帝尧之后于蓟”“帝舜之后于陈”“大禹之后于杞”。祝，在今天山东济南；焦，在河南陕县；陈，在河南柘城；杞也在河南，就是今天的杞县。蓟，则在今天的北京，为什么把尧的后人分封到这个地方，武王没有解释，《史记》也没有记载。

北宋熙宁年间，神宗派遣沈括出使辽国，也就是今天的河北、北京一带，回到宋地以后沈括写了一本《使虏图抄》，后来被改为《使契丹图抄》，记述了那里的山川险易、迂直以及人情向背。后来他在《梦溪笔谈》中，回忆此次出使时有这样一段记述：“予使虏，至古契丹界，大蓟茇如车盖，中国无此大者。其地名蓟，恐其因此也。”茇，是植物的根部，契丹境内的大蓟，根部有车轮那样大，说明这样的蓟应该是茁壮的，相对宋，也就是沈括笔下的中国，其实是中原，那里的蓟，要高大许多，因此沈括感叹“中国无此大者。”北京在历史上称蓟，也就是这个原因吧。

关于蓟，李时珍在其所著的《本草纲目》中将其分为两类。一类是猫蓟，一类是虎蓟。猫蓟也称小蓟，虎蓟也称大蓟。小蓟的茎有纵直的沟棱，叶子为披针形，叶子的边，或者全缘，或者有缺口，用植物学家的表述是有“齿裂”，每一缺口的边缘都缀有尖刺，叶子的正面与背面布满白色丝状绒毛。小蓟的花属于头状花序，形状像一支圆筒。圆筒的下半部是层层包裹的苞片，每一个苞片的上端都生有细长的尖刺；圆筒的上部是花，花是细管形状，若干枝花聚拢为花束，李时珍描述这样的花，仿佛是女子头上的发髻，因此叫“蓟”。

相对小蓟，大蓟的茎杆高大粗壮，密布蛛丝一样的绵毛，叶尖上的细刺更为锐利，李时珍说它，包括小蓟，给人的感觉是“狰狞”，因此要用“虎”和“猫”来称呼它们。虽然名字可怕，这两种植物却都是好药材，具有止血、清热、消肿的功效。

就是这么一种，可以做北京乡土教材的植物，却在北京颇为罕见。由于这个原因，我对蓟格外留心，在北京的城区与郊区多次寻觅却收获甚微。自上世纪九十年代以来，北京的城市建设急剧向外扩展，三环、四环、五环、六环、七环，蓟的生长环境被极度侵占。2008 年北京举办奥运会，在此之前，北京一家景观设计公司向我咨询景观规划，我建议他们，在奥林匹克公园内栽种一些蓟，哪怕半亩，即使是几条畦埂呢！他们说：“好。”却最终未见一株——无论是大蓟还是小蓟的苗芽！

北京的奥运会夏雨一样很快降临，又很快秋云一样飞逝过去了。两年以后，在怀柔的云蒙山，正是白露凝霜的季节，我和妻子去那里旅游，傍晚时分，我们离开云蒙山，刚刚驶离出口，在车窗里，我突然瞥见一株仿佛是蓟的植物。我们赶紧刹住车跑过去，果然是蓟，在公路的边沿上孤寂地生长，植株不高，因为气候的缘故，叶片有些枯萎，但是花朵丹红的颜色依然灼目，我们高兴极了。我和妻子看了又看，用手机照了几张像，既是对我们出游的纪念，更是我们对这株蓟的尊重与日后的怀念。

时间落叶似的纷纷飘散了，我们再也没有去云蒙山旅游，也再也没有见到那株蓟，那株蓟安好吗？有时想想，难免怅然。然而，谁又能想到今天，在法国巴黎近郊，又遇到了蓟呢！与云蒙山的那一株相比，这株蓟的植株也不高，也应该是小蓟，也是只有一株，寂寞地生长，如果是诗人，在浪漫而美丽的国度，这株蓟该会浮想怎样绮丽的梦境呢？

因为这个缘故，回到北京以后我查阅了不少关于蓟的资料，知道了许多蓟的知识。使我惊喜的是，蓟的种类繁多，仅在我国就有五十种，而且许多蓟的名称也很有意味：绿蓟、川蓟、藏蓟、丽江蓟、莲座蓟、梵净蓟、阿尔泰蓟、阿里山蓟、丝路蓟、峨眉蓟、葵花大蓟、鄂西大蓟，哪一种蓟不使人堕入历史与地理遥远的烟云里呢？在域外，蓟的种类也很多。关于蓟，在西方有两种传说，一种是《圣经》认为，荆棘是罪恶的植物，蓟因为有刺，也被列进这类植物里面去了。但是，在欧洲还有另一种传说，圣母玛利亚哺乳的时候，不小心将乳汁溅在蓟的叶子上，因此这种植物在被斫断的时候会汩汩流出洁白的汁液。而在我国，关于蓟，在温暖多雨的南国也流传有美丽的传说，说是谁能找到紫色的蒲公英，谁就能够寻觅到完美的爱情。而紫色的蒲公英是不存在的，紫色的蒲公英，其实是指和它同科的大蓟，紫色的大蓟而已。这样的蓟，绽放这样颜色花朵的蓟，难道不是甜蜜、幸福而值得我们苦苦追寻？

# 飘散雪一样颜色花朵的芦苇

有一年，我路过紫竹院南门，那一带正在进行道路改造，走机动车的主路与走自行车的辅路，以及两条道路之间的绿化带，都已经构筑好了，只是绿化带还没有栽种花木。半年后已是秋天，再路过那里，看到绿化带里蓬勃生长着一种青翠的植物，走近一看原来是高大、茂密的青蒿。栽种这样的绿化物种，是有意为之，还是自然生长出来的，至今我没有弄明白。后来，这些青蒿被砍掉，换为竹子，而成为竹子的丛林。据我所见，以竹子做行道树，在当时，北京似乎也仅止于紫竹院南门一带。这些竹子现在怎样了，不得而知。但是，在这里，选择竹子作为绿化树是应该的，因为这里是紫竹院，是以“竹”为主题的公园。

在北京，有两处主题公园。一处是陶然亭，一处是紫竹院。陶然亭以亭著称，我国各地有特色的亭子几乎都被复制在那里。然而，山寨多了难免使人生厌，不像竹子这样的植物自然生长自然凋谢，在秋或者春之风中摇曳翠绿的韵律而使人欣喜。有一年，我去紫竹院，正是初冬，夜间刚刚降落一场大雪，不少竹子被积雪压弯了。走在竹林间的小径上，时时要把倾斜的竹子推开，而就在这一刹那，竹子被推开的瞬间，原本附着于竹子上面丰厚的积雪突然崩散开来，晶莹的、洁白的、冰冷的雪粉向天空飞射，而天空是清澄的宝石一样蔚蓝，给人的感觉真是美极了。将这样的竹子推开多了，回首走过的小径，雪雾蒸腾弥漫，我的发际与衣襟也沾满了雪花。

在我国，竹，与兰、梅、菊被视为君子，是美好、高洁的象征。围绕它产生了许多历史人物与历史故事。当然给我们感触最深的是竹林七贤。一天，七贤中最负盛名的嵇康，在家中大柳树下面锻铁，钟会前来看望，“康不为之礼，而锻不辍。良久会去”，嵇康问他，你听说了什么到我这儿来？看见了什么从我这儿离开？用《晋书》的表述是：“何所闻而来？何所见而去？”钟会回答：“闻所闻而来，见所见而去。”二人的问与答都很微妙，隐藏着冷冷的刀锋，表达了一种憎恨的态度。这个“见所见而去”的钟会后来被司马炎委以重任灭掉蜀国，却最终被司马炎杀掉，而嵇康则早早地死于司马炎的屠刀之下，为正直的人们所惋惜。曾经和嵇康一同在山阳隐居，后来被迫去司马氏那里做官，也是竹林七贤之一的向秀，路经他们的旧居时，写了一首《思旧赋》。赋是小赋，赋前的序，也很短小，其中有这样几句话：“余逝将西迈，经其旧庐，于时日薄虞渊，寒冰凄然。”虞渊是古代传说中太阳归落的地方，此时只有嵇康的旧居隐现在烟霭一样暮光里，故人却早已经远逝了。这样的景象如何不引起向秀的伤悲呢？带着这样的情绪打量拥积在道路两侧的冰雪，自然要感到“凄然”。鲁迅先生在一篇悼念亡友的杂文中说过，原来不理解向秀的《思旧赋》为什么那样短小，现在明白了，而这样的明白是以死于屠夫之手的亡友鲜血为代价的。在我国，竹被视为君子，重要的一个因素，应该是与竹林七贤，主要是与嵇康有关吧。如果在紫竹院公园的适当位置，竖立一组他们的雕塑群像，不是应该的吗？

在紫竹院，除了湖泊还有两条河流。一条是双紫支渠，一条是长河。前者是挖掘于上世纪五十年代的人工河流，后者则是高梁河的上游，紫竹院里面的湖泊便是高梁河的发源地。这是北京依以建城的重要水系，却被我们淡漠了，只知道有什刹海，原本清静休闲，现在热闹得令人烦躁，而忘记了紫竹院里面这片不大的水域。而这两片湖泊是通过长河勾连在一起的。历史上，长河曾经是清代帝后去颐和园的水路，近年被开发为北京水上旅游线路。当年慈禧太后从水路去颐和园时，往往要在这里驻跸。近日看到一则网文说，现在社会上流传一张慈禧装扮观世音状的照片，便是在这里拍摄的。理由是，照片的前景是荷花，背景是竹林，根据这样的场景，尤其是后面的竹林分析，拍摄的地点应该是紫竹院。这样的理由是否准确，尚待研究，原因是，这里的竹子是在上世纪八十年代引进的而与慈禧无关。在长河一带，历史上却有另一种茎秆挺拔，经霜之后的芦苇，呈现一派渊深的紫色，放眼望去，宛如紫色的竹林。可惜这样的芦苇后来消泯了，最近听说紫竹院公园的工作人员正在抓紧培育，我衷心希望他们能够在最短的时间内培育成功，从而恢复原有的景观。

如同竹子，在我国芦苇也是一种叫人心仪的植物。说到芦苇难免不使人想到《诗经》，想到《秦风》里面的诗句：

“蒹葭苍苍，白露为霜。所谓伊人，在水一方。”为什么要将霜降时分的芦苇作为吟哦的对象？后人阐释，这首诗，其实是抒发恋人之间的思念情绪。既然如此，为什么要以秋季的芦苇作为发端而不是其他呢？二者之间有什么必然联系吗？这就与西方不同。我看过一部电影，讲述劳拉、尼克、克里斯、梅尔、乔与海伦等好友，前往一个野生公园的芦苇湿地度假。抵达那里以后，他们发现，预订的游艇被人搞坏了而无法使用，于是租了一艘名字叫“海盗之星”的游船。启程之前，他们和几名怪异的年轻人发生龃龉。不过，这些不高兴的事情，很快被大自然的美丽风光冲淡了。但是，厄运随之而来，他们的一举一动都受到那群年轻人的监视，而且克里斯在夜晚的一场事故中被刺穿腹部。由此开始，死神慢慢降临。劳拉惊恐地发现，发生在眼前的一切悲剧都与二十年前的恐怖事件有关。这是一部英国影片，类型是恐怖、悬疑、惊悚，影片的名字就叫《芦苇地》。

同样是芦苇，在我国是思念的美好象征，而在英国，却成为恐怖载体。国家不同，文化不同，关于芦苇的文化竟然如此不同，却是我无论如何未曾料想到的。法国的思想家帕斯卡尔说过一句话，大意是，芦苇是脆弱的，而人类只不过是一根会思想的芦苇而已。人类是阳光下的精灵，相对于人类脆弱万分的芦苇，又何尝不是大自然的精灵呢？从某种意义说，人类读懂了芦苇也就读懂了自己，而古人其实早已读懂，只是被我们淡忘得太久，如果在紫竹院也塑造一组有思想的芦苇，有什么不可以？而这样的紫竹院，这样的芦苇，当然不再是单纯的芦苇，而是会思索的芦苇了，这该是一件多么奇妙的事情。南宋戴复古有一首绝句吟哦：“江头落日照平沙，潮退渔船阁岸斜。白鸟一双临水立，见人惊起入芦花”，鸟儿飞翔是有思想的，飘散雪一样颜色花朵的芦苇也是有思想的呀！

# 带囚笼的歌者

许多年以前，我住的小区，进入秋季不久，时常可看到一位老汉，推着自行车贩卖蝈蝈。自行车是那种老式的有很宽的后架子，两根木棍插在后架子里，上面悬挂着上百个小笼子，仿佛一座高耸、喧闹、绚烂的秋天的山。小笼子很精致，娇黄的秫秸皮纵横交错，编出许多精致的窗口，看着就惹人喜爱。每一只蝈蝈都拥有这样一座小房子，我也买了一只，带回家悬挂在阳台的晾衣杆上。

对于蝈蝈，我是不陌生的，蝈蝈是北京的秋虫，没有蝈蝈，北京的秋天就少了些什么而差那么点味道，没有蝈蝈的秋天，北京与外地还有什么区别呢？而北京的蝈蝈也的确叫人喜爱，翠绿的翅膀，翠绿的肚皮，眼睛是碧绿的，触须纤长也是碧绿的。大概是相处时间久了，那只带小房子的蝈蝈对我也熟悉起来，每当我走近的时候，它便把触须伸出来左右摇动，同时将绿色的大脑袋顶在小房子的窗口上，用它那苍绿的圆圆的大眼睛谛视我。我碰碰它的触须，触须倏地缩回去了。有一天，因为下班晚了，刚刚打开阳台门，悬挂在晾衣杠上的蝈蝈笼子突然滑动起来，一点一点，缆车一样滑到我的面前。我大吃一惊，这兄弟原来有这等本事，可以带

毛成骅 绘

着它的小房子运动。我赶紧把手中的葱叶塞进它的房子里，而它也毫不客气，一把扯进去，生怕被别人抢走了似的，往常可没有这个举动，吃相很斯文，一口一口慢慢咀嚼，仿佛英国的贵族在享受大餐。

每当看到蝈蝈享受大餐的样子，有时候难免不生发一些痴想，比如对这小房子的感叹，真是既不大，也不小，恰好可以让它在里面转身，如果再大些，是不是对于蝈蝈，更为舒适、宽敞？但是，这样做，小贩自然要增加成本而决不会做的。那么，我是否应该把它从小房子里解放出来？而解放出来的结果会是怎样？或者依旧待在这里等待我的葱叶而坐享其成，或者逃离阳台而寻觅自己的乐土去了。离开了阳台，这蝈蝈也可能会遇到许多凶险，当然它也会有处理的办法吧。记得读过一则介绍澳大利亚黄翅蚱蜢的文章说，当这种蚱蜢遇到惊扰时会蓦地跳向高空，进行一次短暂的飞行，在飞行途中将鲜艳的后翅暴露出来，同时发出一种嘀嗒的声响，用以吸引敌人跟踪。当敌人快要接近的时候，黄翅蚱蜢会突然收起翅膀降落到地上，仰视敌人继续向前飞，而突然失去目标的敌人，则会依据惯性的原理，沿着斑驳的轨迹跟踪下去，适为蚱蜢笑。我这只蝈蝈，有这样的本领吗？也许会有吧。蝈蝈、蚱蜢、蟋蟀原本是一类，在昆虫学的谱系里，它们是同纲，同亚纲，而且同目，都属于有翅膀的跳跃者。

秋风渐渐蜕变为冬风，和煦的阳光不再绵长。阳台已经不再适宜蝈蝈居住。友人建议我给这只有翅膀的跳跃者换一套房子，把秋天的别墅换为冬天的温室，直白地说，将透风的笼子，改为带盖的葫芦。将这位仁兄请到葫芦里，再把葫芦放在自己的胸口上，用自己的体温营造适宜蝈蝈的生存环境。这，我是懂的，但是有一点，我做不到，我属于朝九晚五的上班族，如果在上班的时候，我这蝈蝈兄弟因为温度适宜而高兴起来，突然放开歌喉——不，是翅膀，而纵声吟唱，我应该如何向领导解释？而那时手机尚未普及，即便是有手机之人，其传呼之声单调枯燥，只有寥寥数种，不像今之手机可以发出各类声响，甚至“爸爸该起夜了”之类。如果早几年普及，该有多好！如果我是画家，我一定画一幅漫画：我那位兄弟从小房子的窗户里伸出翠绿的翅膀向我招手，兴奋地高喊：“嗨！你好。”

当然，时代不同，对蝈蝈与其同类的态度也大不一样。西人《圣经》在“有关食物的条例”中记载，上帝在晓喻摩西与亚伦时，曾经指点哪些食物可以食用，那些不可食用：走兽之类可以食用的是分蹄、反刍的动物，因为它们洁净，对人的身体无害，牛和羊可以吃，而猪是不可以吃的，因为猪，虽然分蹄但不反刍，属于肮脏的动物。水中的生物，有鳍和鳞的鱼可以吃，无鳍无鳞的不可以吃。飞翔的鸟类，猫头鹰不可以吃。昆虫呢？上帝说：“凡有翅膀用四足爬行的”都是不可以吃的，但是有些，“有翅膀用四足爬行物中，有足有腿，在地上蹦跳的”“还可以吃。其中有蝗虫、蚂蚱、蟋蟀与其类”，蝈蝈属于有足有腿，在地上蹦跳的，自然可以延伸至上帝的食谱，但还是有人产生疑问，这些可以食用的昆虫，比如蟋蟀，究竟有几条腿？是四条还是六条。从常识角度，前面有四条小腿，用来爬行，后面有两条大腿，用来蹦跳，当然是六条。既然如此，上帝为什么说是“四足爬行物”？是上帝发生了错误，还是蟋蟀把腿长错了呢？然而，无论谁对谁错，均与蝈蝈无关，因为它与蟋蟀虽然属于同类，但毕竟在上帝的食谱之中没有出现，因此也就回避了把腿长错的问题。而且，即便长错了，又有什么关系呢？因为，吸引我们的不是它的腿而是它的歌。

现实是，我这只蝈蝈，它的歌声日渐萧疏，而且对于葱叶之类的美味不再那么感兴趣，无论如何应该给它寻找一个温暖的地方了，这是一个事关生死的问题。第一步，白天，我将它和它的小房子转移到卫生间，道理是相对其他房间，在暖气还没有来临之前，这里的温度略高。而在晚间，我则点起油汀，将蝈蝈放在附近，这样的温度对于它是适宜的，有几次甚至放声高歌，使得我简陋的居室也生动明亮起来。有一天，气温骤降，我将油汀开启到最高挡，担心温度过高“将不利于孺子”，而将蝈蝈和它的小房子摆放得远些。第二天突然发现，这蝈蝈竟然带着它的小房子搬家了，距离油汀近了许多。我怀疑自己的眼睛，这兄弟难道能够背着自己的房子跳跃？真是成精了！但是，想到那只滑行的缆车，也就释然了。秋天，带着小房子滑行是因为食物；冬季，带着房子跳跃是因为温度，而那房子对于它，不过是，而且真真切切的是一只囚笼，如果我与这个带囚笼的歌者换位，我有这样的脑力与这样的体力吗？一时难以思忖清楚。而现实是，过了几天，这只蝈蝈又做了一次同样的迁徙运动，而且路途更远，距离油汀更近，可惜的是，次日我早起向它问候的时候，发现它已然物化，绿色的大圆眼睛再也不会闪动了。

哦，歌者，你这带着囚笼的歌者。

# 杜　鹃

杜鹃是一种复杂而有意味的鸟。

据说，这种鸟的大多有寄巢而生的习惯，将自己的蛋下在别人窝里，让人家把它孵化出来，羽翼丰满以后，非洲的大斑杜鹃，还会把它带走而去认祖归宗。这样狡猾的杜鹃，在俄罗斯也不乏其类，而且更甚一筹。它们不是把自己的蛋下进一个窝，而是多个窝，一个窝只寄养一个蛋，从而保证最大的存活率。当然，寄生蛋的大小、形状、色泽与别人家窝里的原生蛋要基本类似，否则就要被识破而有扔出之虞。

就是这么一种鸟，狡黠而不乏智慧的鸟，被赋予了丰富的人文内涵。

在印度，有一种杜鹃，叫做查度卡杜鹃，这种杜鹃只饮雨水而生，只在雨天歌唱。如果久旱无雨，查度卡杜鹃便大量死亡，不再展现它们美妙的歌喉了。查度卡杜鹃为什么要采取这种生存方式，我没有研究不得而知。或者那里的杜鹃未必是这样，只不过是，犹如庄周先生推崇的凤鸟那样，非碧梧不栖，非清泉不饮，更多是一种狷介的象征罢了。

去年八月，我的几位学生从外地来京开会，我陪同他们参观位于宫门口的鲁迅博物馆。在老虎尾巴——他们都是第一次来到这里，观看得十分仔细，虽然不过是一床，一桌、一椅而已。桌上摆着一方古砖，一只旧砚和一盏深绿色的玻璃油灯。西面的墙壁悬挂一副对联，上句是："望崦嵫而勿迫"；下句是："恐鹈鴂之先鸣"。"鹈鴂"也写作"鶗鴂"，也就是杜鹃。这种鸟喜欢在暮春鸣唱，因此杜鹃一叫，百花便凋零了。鲁迅先生所集的对联出自《离骚》，一句是"吾令羲和弭节兮，望崦嵫而勿迫"，再句是"恐鹈鴂之先鸣兮，使夫百草为之不芳"。"崦嵫"是传说中的神山，太阳每天回到那里休息。"羲和"是为太阳驾车的御夫。大意是，我命令驾车的羲和，降低车速，不要向日落的神山迫近；我真的担心，如果鹈鴂鸣叫起来，众芳便要告别春天了。

看着这副对联，大家都没有说话而各自思忖心事。一年多的月光银河一般，叮叮咚咚地流淌过去了，在渐次模糊的记忆里，今天却蓦然出现了老虎尾巴里面的对联和对联里面的杜鹃。与印度杜鹃的狷介不同，中国的杜鹃展示了更多的家国情怀。在唐诗是"沧海月明""望帝春心"，在宋人是，更哪堪"鹧鸪声住，杜鹃声切""将军百战身名裂""满座衣冠似雪"。辛弃疾的杜鹃真的是心潮奔涌而悲愤难抑！这样的杜鹃自然是查度卡所不能承受的。

书写鲁迅集句的人叫乔大壮，是鲁迅在北洋政府时期教育部同事。1927 年，他曾去南昌协助周恩来工作，后来返回北京。1935 年，被徐悲鸿延聘为中央大学艺术系教授，讲授"印艺"。1948 年 2 月，许寿裳被害于台北家中，乔大壮知道了以后哀伤不已，他的悼诗中有这样两句："门生搔白首，旦夕骨成灰。"对此，台静农解释说：他是许寿裳"在京师任教时的学生，故自称门生。”至于“旦夕骨成灰”一语，“也不是偶然说的，他在台北古玩铺买了一个琉球烧的陶罐子，颇精美，曾经指着告诉朋友：‘这是装我的骨灰的。’这本是一时的戏言，后来才知道他心中早有了死的阴影。”知道了乔大壮的人生经历，再想想老虎尾巴里面的联语，“望崦嵫而勿迫，恐鹈鴂之先鸣”，这样的杜鹃，似乎又不仅仅是上面所述，从而具有了另外质地。

# 小麻雀啁啾

一只麻雀在窗外的阳台上飞来飞去。这样的情景已然延续几天了。阳台上有什么吸引它的东西吗？去年仲春，两只燕子也在窗外的阳台飞来飞去，楼上的邻居说，燕子要在你家筑窝了。我期盼着，同时玄想，燕子在在阳台的哪一面墙壁上构筑爱巢。在绵长而纤细的春雨中，一天突然从紫色的爱巢里，探出淡黄的像瓶子口那样敞开的喙，而那两只燕子，接续飞来，把食物塞进幼鸟的嘴里。但是，这样的玄想终于归为梦境，而现在，麻雀来了，会把这里作为它们的风水之地吗？

我对麻雀向无思索，虽然是习见的鸟类，却从来没有更多的认知。关于麻雀，不仅是我，在中国与我年龄相当，或者是齿德高于我者，最深的印象当然是1958年，在那一年，麻雀“被光荣”地升格为四害之一，理由是它们糟蹋粮食。而在那一年，钢元帅升帐，全民大炼钢铁，我所就读的小学，也在狭窄的校园里，用泥土和红砖砌筑了一座圆筒形状的高炉，我们奉命去寻找木柴与废铁，希图用木柴把废铁炼成钢。到哪里寻找这两件宝物呢？有人说，东直门外，有一座解放军围城时国民党修建的碉堡。按照他指引的路线找到了那座碉堡，已然被拆掉大半，露出里面的钢筋，我们欢呼地蜂拥而上，用力掰那钢筋，却哪里掰得动？突然有一个同学瞥见一兜硕大的树根，现在想来也未必很大，所谓大，不过是从红领巾的角度谛视而已。大家围拢过去，推着那树根走，推进东直门，再也推不动了。这时，有一位行人告诉我们，在树根下面放几块小石子之类的东西，利用滚动摩擦会省去许多力气。

不久，开始打麻雀了。人们登上屋顶，爬上树梢，挥舞旗子，惊扰麻雀。在我所居住的院子外面，东侧是驻军，南侧是段祺瑞执政府。驻军的院子，据说在历史上也是执政府的一部分，在靠近我们院子的地方，有一株颇老的柳树，枝干婆娑，军人们爬上去轰走栖落在树枝上的麻雀。而执政府绿色的楼顶上也有人站在上面，敲击一只洗脸盆的底部，当然也有真敲锣鼓的，惊恐麻雀，不让它们休息而使其疲劳致死，我真的见过，掠过天空的麻雀突然跌落——死掉了。很久很久，我家的那条胡同再未飘过麻雀的羽毛。而现在，四十多年以后，麻雀却要在我家的阳台筑巢，冥冥之中有什么因缘呢？

过了几天，突然听到窗外有啁啾之音，我在阳台上寻来觅去，在一只柳条筐里，发现了一只幼小的麻雀，匍匐在稻草上，张开黄色的嘴，啁啾的鸣声就是从那里发出的。前几天接连飞来的麻雀原来把这里做成了窝！而那只筐，原本是装苹果的，稻草则是避免苹果不被磕碰的填充物。小麻雀不停地啁啾，是在呼唤它的父母吗？我但心惊扰这麻雀家庭，急忙回到室内，轻轻关上阳台门。

关于麻雀，1958年把它列为四害之一，其实是有传统的。在封建时代，官府的粮仓，有一种损耗，称鼠雀耗，比如，储进一万斤稻米，便规定有八百斤做老鼠与麻雀偷食的损耗，这样的损耗往往成为官员贪污的一种借口。最近查到一则资料，说是在江苏太仓县曾设有大粮仓囤积稻谷，以供“南粮北调”。粮多自然会多生雀患，管理粮仓的官吏为了奖励捕雀护粮者，便用竹制的筹牌记下捕杀麻雀的数目。筹牌上刻画有各种符号与数字，作为兑取奖金的凭证。据说，麻将便是由此衍生而来，其游戏术语也无不与捕雀护粮有关。例如，“碰”即“嘭”的枪声，而成牌称“糊”，“糊”谐音“鹘”，“鹘”是捕雀之鹰。麻雀一词，在太仓这个地方，发音为“麻将”，于是打麻雀成为打麻将，而打麻将也就自然称为“雀战”。

在中国文人的笔下，麻雀不过是一种微小之物，所谓蓬间雀，只能在灌木丛中飞上飞下，在庄周先生看来，这哪里是飞，只不过是“跳”——拍着翅膀跳来跳去而已，怎么能够与鸿鹄一类御云飞翔的大鸟相比？当然更不可与鹏相比，“怒而飞，其翼若垂天之云”，“抟扶摇而上者九万里”，这样气吞万里的遨游，岂是麻雀可以想象的！

三十年代老舍写过一则关于麻雀的散文，说是一只刚出生不久的小麻雀被一只同样是刚出生不久的小猫作为玩物叼在嘴里，小麻雀“连挣扎都不会，尾与爪在猫嘴旁耷拉着，和死去差不多。”小猫叼着小麻雀进了厨房，在一条烟筒的边上玩耍，烟筒是“冬天升火通烟用的”，春天拆下来放在厨房的墙角。而这时小鸟突然不见了。再发现时小鸟已经趴在烟筒边上，身体蜷缩着，两只小黑眼珠“顶黑顶大的愣着”，

“像是等着猫再扑它，它没力量反抗或逃避；又像是等着猫赦免了它，或是来个救星。”“我把它捧到卧室里，放在桌子上，看着它，它又愣了半天，忽然头向左右歪了歪，用它的黑眼睁了一下；又不动了，可是身子长出来一些，还低头看着，似乎明白了点什么。”明白了什么呢？

同样是麻雀，在俄罗斯，至少是在俄罗斯文人笔端，却是另一种命运与姿态。我读过屠格涅夫的一篇散文，说是一只麻雀不小心从巢里跌落下来，麻雀是那样幼小，翅膀还没有完全长成。这时跑来一只猎狗，大风猛烈，揉乱了白桦纤细而苍翠的毛发，小麻雀呆呆地伏在地上，奋力张开两只刚刚长出羽毛的小翅膀，但是却飞不起来，只能惊恐地注视慢慢逼近它的猎狗。突然从附近一棵树上扑下一只黑胸脯的老麻雀，像一颗坚硬的石子落在狗的前面，“它全身倒竖着羽毛，惊惶万状，发出绝望、凄惨的叽叽喳喳叫声，两次向露出牙齿、大张着的狗嘴边跳扑前去。”它是从白桦树上猛扑下来，以渺小的躯体保护自己的孩子。在它的面前，狗该是一个多么庞大的怪物啊！但它还是勇敢地扑下来，有一种比死亡更强大的力量，使它坚定地站在猎狗面前，狗慢慢退却了。

类似母麻雀保护小麻雀的故事，也被高尔基写进散文。在他的散文中，也有两只麻雀，大麻雀与小麻雀，只是猎狗变成了一只大红色的猫咪，眨着一双绿莹莹的圆眼睛。小麻雀还不会飞，掉到巢的下边，而猫咪已经在这里等候，小麻雀慌作一团，拼命鼓动翅膀，两只小灰脚站着，浑身直摇晃，麻雀妈妈把它推到一边，浑身的毛竖起来，又凶猛，又勇敢，张大了嘴，直瞪着那只猫。在妈妈的保护下，小麻雀向上一跳，翅膀一下、两下扇动着，竟然从地上飞了起来。麻雀妈妈也马上飞起来，可是尾巴被大红猫叼去了，大红猫很是懊恼，肥嫩的小麻雀没有吃到，老麻雀虽然丢了尾巴，却依旧欢天喜地，蹲到小麻雀身边，狂热地亲吻小麻雀的后脑勺。

这些麻雀，老舍、高尔基与屠格涅夫，中国的与俄罗斯笔下的麻雀，悲苦、坚强与焕发喜剧色彩的麻雀，折射出的文化内涵耐人寻思。国度不同，其文化内涵竟然如此不同。而现实是，阳台外面的那只小麻雀依旧不停地啁啾，看来它的母亲不会回来了，它的母亲肯定遇到了不测，永远不会再照料她亲爱的孩子了。我赶紧走到阳台，把那只小麻雀托进来，朝它的嘴里放一点青菜丝。小麻雀欢快地吃着，拍动小小的翅膀，极力要站起来，脚是黄褐色的，仿佛穿着两只大大的草鞋。吃饱了，小麻雀不再啼叫，慢慢闭上眼睛，我把青菜丝放在它的身侧，满心想等它醒来再喂，便去做我的事情了。然而，再回来，却发现小麻雀永远地闭上了眼睛。小麻雀，我的小麻雀，怎么会是这样？如果你的母亲还在，肯定不会是这样的结局吧？真的是“天地不仁以万物为刍狗”？麻雀啁啾，我和小麻雀的故事竟然是这样，这是我无论如何没有料想到的，同时也就希望这麻雀，大麻雀与小麻雀，不再是凄苦而是坚韧地啁啾，小麻雀啁啾，坚韧地啁啾。

**附录：**

法国十九世纪作家梭维斯特《屋顶间的哲学家》中有一则讲述麻雀的故事，说是在他居住的房间，有一面窗户竖立在楼顶上。“突出的窗角装着大的铅片”，而那些铅片隐藏在屋瓦底下，由于寒冷和太阳的不断影响，那些铅片翻了起来。“右面的角上形成了一个裂缝。一只麻雀便在这裂缝里藏着它的巢。”很快有了小麻雀，小麻雀们被精心喂养着。“小麻雀大得很快，而今天早上，我们看到它们起飞了。只有一只比其余的弱，没有能够越过屋顶的边缘，而落在檐溜里，我费了很大的力气才把它抓住，把它放回它巢口的瓦上。”但是母亲对她的孩子却不管不顾，“并带着种种的娇态飞来飞去。父亲仅只走过来一次，以一种不屑的样子瞧着它的后裔，随后便一去不返了。我把面包弄碎撒在那小小的孤儿面前，可是它毫不知道啄食。”第二天，那只小麻雀已经死在瓦上，“它的伤痕向我证明它曾被那无情的母亲从巢内逐出。我曾试着用我的呼吸去温暖它，但没有效果；我感到它在做垂死的挣扎：它的双眼已经闭了，翅膀已经下垂了！我把它放在屋顶上的一道阳光里，而我关上了我的窗户。这种生与死的斗争始终有一些可悲的地方：这是一种预告。”梭维斯特的故事说明了什么，我不是生物学家，没有做过这样的研究，物竞天择便是在这样的个体之中演绎吗？

梭维斯特，生于1806年，卒于1854年，是法国的哲学家。他所居住的楼顶间，是一种处在屋顶下面的房屋，是一种简陋的住所。《屋顶间的哲学家》的译者是黎烈文。黎烈文生于1904年，卒于1972年，是被列入现代文学史中的作家，从而便有了隔世之感。《屋顶间的哲学家》在1948年10月改为《爱的哲学》，由台北公论报社出版。1974年8月台北志文出版社恢复原名再版，被列为“烈文译著丛书”之一，1997年6月上海文汇出版社以此本为据，改为简体字版在大陆印行。

# 乌 鸦

二十世纪七十年代，我曾经的工作单位在长安街西南方向，因此经常穿行长安街回家。那时下班后经常开会，当然也有例外，但即便不开会，在冬季，路经长安街时也已是黄昏，飘荡着灰白、冰冷的雾霭，而这时乌鸦，一只、两只，继而一群、两群，从遥远而幽明的天际，仿佛黑色的潮流向长安街涌来，一瞬间把天空染成了乌鸦的颜色。

近年，关于北京的乌鸦再度引起关注，有细心人做过调查，说是北京的乌鸦在傍晚的时候，从北郊一带向南飞，穿过故宫金黄的屋顶以后，便落在长安街两侧绿化带的杨树上。有时一株树上栖有数十只，黑压压的仿佛沉重的心脏，悸动在夜光幽寂的暗影里。鸟类学家解释，乌鸦白天去北郊垃圾场寻找食物，夜间在长安街两侧的树木上睡眠，之所以如此，是城市热岛效应的结果。

是这样吗？我没有调查，也不是鸟类学家，难以发表意见。但有一点我是知道的，在中国古典诗词中，乌鸦往往成为战争中的文学意象。年轻时读汉乐府中的《战城南》，知道了乌鸦吃腐肉，阵亡的士兵无人掩埋，暴露的遗体要被乌鸦吃掉，而这样的诗句自然催人泪下：“为我谓乌：且为客豪！

野死谅不葬，腐肉安能去子逃？”请替我们对乌鸦说：“在饱餐之前，悲鸣几声吧！没有人将我们埋葬，我们哪能从你们的口里逃掉呢？”而李白同题的“乌鸢啄人肠，衔飞挂上枯树枝”，描绘的场景虽然更为凶残，但震撼心曲的力度却减弱了几分。这自然与乌鸦无关，因为同是乌鸦，在西人的圣典中却是另一种形象。

在《圣经》中上帝造人，但是不久上帝便后悔了。上帝见这些人终日所思“尽都是恶”，心里很是忧伤。决心将他创造的人，包括昆虫走兽飞鸟统统除掉。只有诺亚是个好人，应该留存，于是命令诺亚用歌斐木造一只方舟。方舟长三百肘，宽五十肘，高三十肘，里外涂抹松香。方舟要留透光的地方，这个地方要高一肘，门要开在方舟的旁边。方舟要分上中下三层，每层要分出若干单间。从肘部到手指尖的长度为一肘，旧约时代一肘约为 44.5 公分，新约时代一肘约为 55.5 公分，折中按 50 公分计算，则方舟大约长 150 米，宽 25 米，高 15 米，是一艘很大的船了。上帝对诺亚说，“我要和你立约”，你和你的妻儿要进入方舟，凡是有血有肉的活物，每样两个，一公一母，你也要带进方舟，“飞鸟各从其类，牲畜各从其类，地上的昆虫各从其类”，都要进入诺亚的方舟以保存性命。

洪水在大地泛滥了四十日，水势浩荡比岹峣的山峰还高出十五肘，所有生命的都被淹没了。一百五十天以后，洪水慢慢消退。七月十七日，方舟停靠在亚拉腊山上，十月初一日，山尖露出来了。过了四十天，诺亚打开方舟的窗户，把一只乌鸦放出去，“那乌鸦飞来飞去，直到地上的水都干了。”

诺亚再放出去一只鸽子，看看水从地上退了没有。但水没有退，鸽子寻觅不到落脚的地方，便飞回方舟，诺亚伸手把鸽子接了回来。七天以后，诺亚又一次把鸽子放出去，晚上鸽子飞回来了，嘴里衔着“一个新拧下来的橄榄叶子”。诺亚就知道大地上的水退了。又过了七天，诺亚再把鸽子放出去，“鸽子就不再回来了”。

诺亚的方舟停泊的亚拉腊山，今天译为阿拉勒山，位于土耳其与亚美尼亚两国之间，土耳其人声称在那里发现了方舟的遗骸，是真是假，有不同说法。近日观看索契冬奥，也有一种说法，那一带是高加索山脉，也曾经是方舟的所在地。对这些，科学家都斥为虚妄的言论，而我所关心的却是乌鸦，为什么第一次，诺亚要把乌鸦放飞出去查看水势，而不是鸽子或者其他鸟类？既然洪水未退，乌鸦为什么不再飞回方舟，它到哪里觅食呢？这当然属于上帝之谜，而给我们留下了玄想的空间。

关于乌鸦，伊索与拉封丹寓言也有两个说法，智慧的与愚蠢的乌鸦。对于后者我颇持怀疑态度，我相信这与乌鸦无关，而是人造的谎言，乌鸦哪儿会这么蠢！我曾经读过一则文章，说是对于核桃等有外壳的坚果，乌鸦的做法是将其从高处抛到公路上，借助行驶中的汽车而将其碾碎，之后啄食里面的果实。而生活在新喀里多尼亚群岛的乌鸦甚至还会使用工具。据英国《科学》杂志刊载亨特博士的研究，这些乌鸦将植物的叶子加工成细长形状，用它将藏匿在树木洞穴的昆虫驱赶出来，然后将其吃掉。对于这样的乌鸦，亨特博士的结论是，“乌鸦的智慧已然达到了石器时代人类的水平”。

为什么会是这样？日本的杉田教授曾经解剖过十七只乌鸦的大脑，其平均重量大约是十克，几乎是鸡大脑的三倍，而脑细胞的密度也截然不同，在乌鸦的大脑皮质中，有四至五层的神经纤维，当处理信息的时候，每一层神经纤维都可以分担任务。这样的乌鸦怎能不聪明！

这当然是对乌鸦的科学研究。而我感兴趣的还是文学中的乌鸦意象。施蛰存老先生写过一篇关于乌鸦的散文，说乌鸦的啼声是深沉哀怨的，尤其是在黎明、薄暮或者午夜时啼叫的乌鸦，格外引起人们的厌恶。他说，总有人会记得美国诗人爱伦坡所写的那首有名的《咏鸦诗》吧，“这首诗的好处不就是人人都知道它在悲哀协韵吗？从这乌鸦的哀啼，诗人找出 Nevermore 这个字来，便充分地流泄出他的诗意的愁绪。这不是诗人认为鸦啼是很悲哀的明证吗？”何况诗中的背景又正是景色凄寂的冬季寒宵，有一只乌鸦前来造访，以绅士的风度栖息在房门上方“苍白的帕拉斯半身雕像上面”，其“眼光与正在做梦的魔鬼眼光一模一样”，这样的一只乌鸦，难免不让人感到哥特式的惊悚，岂止是厌恶与哀愁呢？

然而，尽管如此，施蛰存认为，听了鸦啼而浮起悲哀之感，并不是大家都认可的事情。譬如，在上海这种地方，“挟美人薄暮入公园，在林间听不关心的啼鸦，任是它如何的鼓噪”，又岂会感到一丝愁绪？当然，如果不是这样的环境，而是在黄昏逐渐点染微云的薄明，归巢的乌鸦“呀——呀”地鸹噪，所谓“天际烟暝鸦凌乱”时，还是多少要引起对故园的思念与些许惆怅吧。当然，这也要因人而异，比如，在清少纳言的笔底便会浮涌出另一种意绪。她在一篇描述四季之美的散文中说，春天是破晓时最好，渐渐发白的山顶，有紫色的云彩微细地横飘在那里；夏天是夜间最好，月色的皎洁不用说了，即便是“许多萤火虫到处飞着，或只有一两只发出荧光点点”也是很有意思的；秋天则是傍晚最好，夕阳西下辉煌地照着，到接近山边的时候，“乌鸦都要归巢去了，三四只一起，两三只一起急匆匆地飞去，这也是很有意思的”；冬天是早晨最好，下雪的时候不必说了，有时虽然没有雪，但大地落满洁白而寒冷的霜，也是满有意思的。而在三月三日，这一天，要阳光和煦，“把开得很好的樱花，长长地折下一枝，插在大花瓶里”，“穿了樱花外衣的人，或是来客，或是弟兄们，坐在花瓶近旁，说着话，实在是有兴趣的事情。”而这时，樱花的折枝散发新鲜的清凉气息，与这样的樱花相联，连带着叫人讨厌、恐惧的乌鸦也是美丽的，叫人欢喜了。樱花是美丽的，乌鸦也是如此美丽呀！

# 银鹊山庄

北京有两种喜鹊，一种是山喜鹊，一种是灰喜鹊。山喜鹊的头、颈、背、尾，皆黑，胸部与腹部白色，翅膀的边缘也是雪白的颜色。灰喜鹊颜色发灰，翅膀和尾部的羽毛呈现蓝绿色泽，个头比山喜鹊要小一些。在我居住的亚运村附近，近年喜鹊极多，原本只有一种山喜鹊，后来见到了灰喜鹊，但数量远比山喜鹊少。我不知别人怎样，就我而言，还是喜欢山喜鹊，黑白晶莹，透泄出一股逼人的喜气。在中国的习俗里，喜鹊是“喜”文化的象征，如果喜鹊在梅花的丛林里飞舞，便意味是喜上眉梢。喜，是喜鹊；梅，是眉梢，泱泱的喜气已经扑到眉毛上，该是让我们多么欢喜的事情。在传统的工艺品中，这样的图案是经典图案。而且，梅花一定要饱满绽放，喜鹊呢？可以是一只，也可以是多只，如果是十二只，便是月月见喜；如果是三十只，便是天天见喜。如果天空里画的是喜鹊，丛林里奔跑的是獾——一种比狗略小的犬科动物，便意味着“欢天喜地”了。当然，还有另一种表现手法，与喜鹊不同，喜鹊在飞翔过程中，我们难以用眼睛观测到它的翅膀在气流之中的变化，蝴蝶就不同了，因为体量轻微，即使在平稳的气流里，翅膀也是颤栗闪烁，纤巧的身姿上下翻飞，十分灵动美丽。而我们在愉悦的时候，心境也是不稳定的，与蝴蝶的飞翔姿态相近，这样蝴蝶便成为极好的欢喜的寓意。我曾经在拍卖会上见到一只粉彩梅瓶，画满了蹁跹的蝴蝶，我请管理员把它“请”出来，摩挲着感到一种充塞天地的欢喜，通过指尖向我的心扉奔涌而来。

2008年夏天，北京举办了夏季奥运会，为此在北顶村兴建作为主会场的鸟巢，我居住于附近，便有了时时谛视的机会，看着鸟巢一天一天钻出地面，仿佛是自己的孩子慢慢长大，那样的心情是慈爱期盼的。一天，围绕鸟巢的蓝色围栏突然打开了，人们欣喜地走进去，看看那里有什么变化，原来的杨树都在，树枝上的鸟巢也还在，架设在浅灰色的枝干上，鸟巢是黑色的，映衬蔚蓝的穹宇，仿佛雕镂出来的那样精细深刻，而那只大鸟巢，还没有完全造好，正处于收尾阶段，两只鸟巢并列在一起，怎么看都有一种说不清的情调。后来鸟巢造好了，怎么看，依我的眼光更像是北京人养蝈蝈的笼子，与真实的鸟巢相差远矣。至少缺少屋顶，而喜鹊的巢是有屋顶的，可以遮蔽垂落的雨雪，不会被来自上苍的泪滴濡湿。鸟，怎么可以不珍视自己的羽毛呢？

关于喜鹊营巢，我曾经读过一篇文章，分析北京高校里喜鹊巢址的分布情况。作者观察了高校内318个喜鹊巢，得出结论是，喜鹊营巢时，选择的主要树种是毛白杨、加拿大杨、国槐与洋槐，因为这些树都是高大乔木，能够提供十米以上的高度，这自然为喜鹊所喜——可以采取高蹈的态度而远离红尘，至少在休息的时候，少些骚扰吧！

春天是繁殖季节，鸟儿们，包括喜鹊，也要进入繁殖期，要为自己即将出世的宝宝准备 room。雄喜鹊个头大，体力好，负责运输，衔来粗枝，与雌喜鹊一起，在三根树杈上搭好巢的底部，这便是房子的基础了。根据鸟类学者的观察，喜鹊巢的底部大约有 25 公分厚，第一层是基础，由杨树、槐树和柳树的枝条交织叠压；第二层是一个“柳筐”，用垂柳柔嫩的枝梢，盘绕成筐的形状；第三层，是一个“泥碗”，用河泥涂在“柳筐”里，“碗”壁上按满了深深的爪痕，这显然是喜鹊，用嘴衔来河泥，一块一块堆积上去，再用脚趾踩踏按平。第四层，也就是最里层了，是宝宝睡眠的床，有棉絮、芦花和鸟的羽绒，是喜鹊自己的羽绒吗？

我原以为喜鹊与乌鸦的巢是一样的，是一个没有盖子的“碗”而已。后来知道了，不是。喜鹊的巢有“顶”，而且与巢的底部一样，也很结实，有横梁，有支架，枝条紧密，屋顶厚重，宛如一个卵形而有盖的“罐子”。这样的巢，与我家附近没有盖子的巢相比，在建筑工程学上，喜鹊，鸟与人，谁的理解更接近事物的本质？至少，对于没有盖子的巢，喜鹊先生肯定不会作为蓝本，先进怎么可以向落后学习呢？

2007 年，我在北京郊区怀柔买了一套房子，周末有时开车去居住。高速路两侧是宽阔的绿化带，最多是杨树，柳树和椿树。柳树在我的印象中是旱柳，一种枝条向上挺立的树种。椿树便是臭椿了，也就是庄子在《逍遥游》中所说的“樗”，是一种不堪大用的树种，然而这种树，在降霜的日子里，却可以像魔术师一样把叶子变得赪红。杨树则至少有三种，山杨、毛白杨与加拿大杨。山杨不多，最多的是毛白杨与加拿大杨。这三种杨树，前两种，山杨与毛白杨都有光滑白皙的树皮，属于杨树中的白杨派；后一种，树皮黑褐，属于黑杨派而与白杨派无关，无论哪一种，白杨派与非白杨派，都受到喜鹊的追捧。因为，它们高耸壮硕，青翠阔大的树冠足以将它们的小房子隐蔽起来，但那得是夏季——雨水与阳光充足的日子里，而在叶子脱落的冬季，便赫然暴露出来。一般而言，一株树一个巢，但这也不绝对，我曾经看到，在一株高大的加拿大杨上，至少构建了三个喜鹊窝，从上至下，别墅式的，间隔错落，仿佛精致而有味道的小型山庄，喜鹊的巢原来可以这样布置呀！

还是说上面那篇，论述北京高校喜鹊巢址的文章，根据作者观察，喜鹊的巢距以十米为半径，就是说，在十米之内只有一个喜鹊巢。而且，即便在同一个高校，区域（教学区、生活区、绿化区）不同，巢址的数量也不一样，在可以忍受的嘈杂的范围里，食物的来源是决定因素。但这是在高校，在高速公路两侧，那儿的喜鹊，它们的巢有时却相距很近，巢的数量可以用树的数量计算，有一株树就有一个巢，树木像散兵线一样站立，喜鹊的巢也就像散兵线一样排开，它们是以树之间的距离为半径，接邻而居，何需十米距离？城与乡，生活在不同区域里的族群，二者的区别，在喜鹊的家族里，也被贯彻到底。

去年春节期间，我和妻子去汤河口，沿白河峡谷旅行。天气冱寒，河床还没有解冻，只是在靠近公路的地方，冰层有些灰暗，肌理不那么紧致光滑。在河床大拐弯的地方，生长着一片茂密的森林，树枝纤长柔密，在幽暗崖壁的背景里，泛射出圣洁的白色光芒。我和妻子都很惊喜，是什么树呢？

我们停下车仔细辨认，原来是毛白杨，突然想到，在这仙境一样环境里，会不会有喜鹊，有喜鹊的房子呢？这时候如果有几只喜鹊，从我们头顶掠过，由于山谷里光线的缘故，它们的颜色，黑与白兴许不会那么分明，而呈现出一种朦胧的银色。如果是这样，这样的银鹊与这样银色的森林，它们的巢也应该是银色才好，这样，便可以在它们的栖止之处树立一块蓝色路牌，用白色的粉笔写下“银鹊山庄”四个肥胖大字，同时在上面注明：“非对外开放单位，请勿惊扰，谢绝拜访”，如果是这样，该有多好。

**附录：**

喜鹊的巢为直立卵形，大型的高80厘米，直径60厘米，一人难以合抱。巢顶的厚度有30厘米。巢的侧面开一个圆洞，喜鹊便从这个圆洞出入。喜鹊制巢的材料当然是树枝，直径在一公分到两公分左右。这些树枝虽然长短不一，但交错编搭，非常牢固，单独抽出一根都很难。近日在网上读一篇报道，说是天津河东区园林绿化队工人清理树木时，发现了两个直径大约50厘米的喜鹊巢，竟然是用大量的铁丝制成的。报道还说：“令人称奇的是，喜鹊窝拎在手中沉甸甸的，而且使劲抖了几下都没散架，粗略地称了一下重量，发现两个喜鹊窝都超过了10公斤。铁丝编成的喜鹊窝，引来了路人围观，人们一边称奇，一边戏称其酷似奥运场馆‘鸟巢’。”

据说，在日本东京有一种色彩鲜艳的巢，是用衣架编制的，但那是乌鸦窝，与喜鹊无关。这些巢，铁丝的与彩色的，对乌鸦与喜鹊自然是一种无奈的被动选择，我们难道不应该给它们一些主动的选择机会吗？

# 大地的呼吸

在大丰创意园，有三件展品引起我的注意。一件是电焊机，一件是塑料椅子，一件是骨瓷茶杯。电焊机小巧精致，机壳丹红，仿佛是一件工艺品，看着就让人喜爱。而那把塑料椅子，主人介绍说原本是一张圆形的塑料板，而现在这把椅子是折叠出来的，运输或者储存时把它恢复原状，所占空间自然极少。巧得很，折叠出来的椅子也是红色——电焊机那样的丹红，而使人联想北京秋柿那样的色泽。年轻时，我在工厂里做过工人，熟悉电焊机那样的东西，黑黑的很丑陋，在车间灰色的涂满油垢的水泥地爬来爬去，不时迸射出叫人不安的刺目的蓝色弧光，哪里想到今天竟是这个“俊”模样了？

但我感兴趣的还是那两只茶杯。茶杯洁白，杯盖的顶部，也就是杯纽，是一只小鹿，两只杯子一对，一只是金色的，一只是银色的。这样的杯子，在台湾卖八百元，而在大陆只卖二百元。或者说在大陆卖二百元的杯子，渡过海峡便身价倍增，增长了六百元，这当然叫人高兴。如果杯纽不是这样的形态，台湾人还会这样感兴趣吗？而小鹿的姿态也的确讨人喜欢，四肢跪卧，安安静静地仿佛在谛听大地的呼吸，树枝一样的鹿角丰盛地伸展开来。主人说，这就是麋鹿。

麋鹿我是知道的，原本是中国的土生物种，由于人类的杀戮，最后仅有北京的南海子尚存。1900 年八国联军将它们劫掠到欧洲，近年重返故乡，有一些回到了南海子，还有一些来到了大丰。大丰人自豪地说，现在，他们这里的麋鹿有一千多只，是世界上麋鹿最多的地方。而这里的麋鹿也的确多，在放养区，这里一只，那里一只，而在枯黄的草滩上，有数十只麋鹿安详地享受深秋的阳光。几只幼鹿站在树丛背后瞪大乌黑的眼睛谛视我们，一动也不动，我们很想停下来，可是观光车一闪而过，哪怕多给我们几分钟呢！观光车驶过去了，我依然回头眺望，在绿叶蓬蓬的缝隙里，黑亮的几点波光眨动，那是幼鹿的眼睛吗?

俄罗斯作家普里什文在一篇散文里，讲述他与梅花鹿——麋鹿的同类，相遇的情景，那是一头母鹿，携带三只小鹿在溪边饮水。一只小鹿已经长出鹿角，“毛绒绒的，红桃颜色，长在有一双美丽大灰眼睛的活的脑袋上。这灰眼睛刚向水面低下头去的时候，旁边出现了一个没有角的脑袋，眼睛更加美丽，不过不是灰色的，而是又黑又亮的。在这母鹿身旁，有一只幼鹿，鹿茸还没有长成，只有两个细细的尖疙瘩，另外还有一只非常小的鹿，一个小不点”，在母鹿与普里什文之间停下来，母鹿想找小鹿，抬头寻找的时候，眼光落在普里什文的身上，“它愣住了，呆呆地研究我”。“我”也愣住了，凝视这只美丽的母鹿，“它的嘴是黑色的，就动物来说，这嘴是太小了，但是耳朵非常大，显得那么端正，那么机警，一只耳朵上还有一个孔：看过去是透亮的。其他任何细节我都顾不上，我的注意力全叫那双美丽的又黑又亮的眼睛吸引住了——那不是眼睛，完全像花儿。”像花一样的眼睛该有多么美丽！可惜我没有机会与麋鹿近距离接触，不能长久地端详它们的眼睛，也应是如同花朵一般美丽吧。然而，看到这样的眼睛，普里什文笔端一转，“有人看到这样的花儿，竟会用枪瞄准它”，“射出可怕的子弹，使它得了这透亮的弹孔”，这样的弹孔当然不只是对梅花鹿，对麋鹿也是如此，而在冷兵器时代，只是用箭和箭孔代替枪和弹孔而已。

1739 年，乾隆皇帝来到南苑打猎，捕获了几种山禽，呈供给她的母亲，为此写了一首诗，其中有这样四句：“马足奔如电，鹰眸迅似星。山禽味鲜洁，飞骑进慈宁。”是哪些山禽呢？乾隆没有解释。到了第二年，乾隆再次来到南苑，这一次是陪母亲一起来的，为此写了八首诗作为纪念，诗的题目是：《秋日奉皇太后驾幸南苑即事》。其中有一首这样吟哦：“扈从常承爱日晖，五云高捧凤与翚。问安户外亲调膳，手射郊原鹿正肥。”南苑这个地方，是清朝皇室的狩猎之处，麋鹿之所以在十九世纪，还可以在这里寻觅到，是不仅作为观赏，而且是作为猎物存在的。在箭镞冰冷的锋芒之下，麋鹿们会想到什么呢？或者只是慌张的惊恐与不解，犹如普里什文笔下那只秀美的鹿“抬起头”，“它凭自己的天性是没法觉察人间的丑恶”，而这里则不仅是丑恶而且是血腥的杀戮了。

还是普里什文，在《大自然的日历》中说，俄罗斯人喜欢把湖泊比喻为大地的眼睛。这大地的眼睛要比万物更早地消逝，在森林中刚刚展开争夺落日余晖的时候，有些树梢燃起了熊熊火焰，“宛如树木本身放光的时候”，湖水却好像死去了一般，仿佛“一座埋着死鱼的坟墓”。缤纷的万物的精灵呀，难道不是大地的轻盈的呼吸？美丽的麋鹿当然也是，柔弱而纤细、绵远而幽微，仿佛纺车上拉长的明亮的丝线，一丝一缕地轻忽脉动，这就难免不使我忧虑，担心这微渺的丝线不要被扯断。因为，它们依旧处于野生灭绝的级别。这就希望，在大丰，在大丰市的中心区域竖立一尊鹿角高耸的麋鹿雕像，在这尊雕像面前，或许会使我们的心灵少些丑恶与杀戮，多些纯洁而高尚。

# 佛陀的猴子

海南陵水县的猴岛有许多猴子照片。有一张格外引人注目，那是一个小猴子的照片，两只巨大的黑眼睛，一个小巧的鼻尖，流露出娇嫩的粉红色，叫人爱怜，因此放在入口的首位。每个游客从这里经过，都不免驻足、抬头、凝视，因此这是一张猴子的明星照片。

既然是猴岛，当然要以猴子为中心，不仅有大猴子、小猴子、老实猴子也有流氓猴子、关禁闭的猴子，在一处圆形的亭子下面还有猴子与人的表演。说是人驯猴子，让猴子躺在地上，却被猴子跳起来，踹一脚；驯猴子的人命令猴子戴帽子，却被猴子把帽子抢走扔上半空，从而引起观众的哄笑。当然也有猴子雕像。一个成年猴子，想来是猴王了，雄踞在一片绿草地上，捧着一只硕大的寿桃高兴地笑，笑得甜蜜，笑得得意，也有些诡秘，泛滥着一种深长的意味。还有许多猴子坐在走廊的入口，每一只猴子都高举一面刀旗，上面写着“欢乐猴岛”“妙趣自然”之类的文字，导游说这是猴子们的仪仗队，欢迎游客莅临。然而，猴子们似乎并不情愿，游客甫近，队首的猴子便“啪”的一声把刀旗扔到地上，后面的猴子有响应扔旗的，也有的不响应而依旧高举旗帜，坐在那里岿然不动。无论采取何种行动——举旗帜与扔旗帜，每一只猴子的颈上都套着一条铁链，系在走廊栗色的方柱上。

就这样欢迎我们吗?

如果不系锁链，那会怎样?当然会一哄而散。猴子就是猴子，非如此，就不是猴子了。这就不禁使人想起佛典中的一个比喻。释迦牟尼，也就是佛陀，说人有六种欲念，如同六种动物被系在一个大柱子上。六种欲念就是六根，大柱子就是身念处，六种动物呢，有一种说法是其中之一是猴子，也有人说统统是猴子。猴子们被拴在大柱子上，跳来跳去总想挣脱束缚，却总也挣脱不开，最后筋疲力尽了，不得不依在柱子上安静下来。

说来有趣，猴子的故事不仅多见于佛典，而且进入了孩子们的教科书。在中国，最著名的猴子是孙悟空，在印度，最著名的是哈奴曼——印度史诗《罗摩衍那》中的神猴，被称为“风神之子”。哈奴曼是一只很有意思的猴子，一出生就想上天捉太阳，他以为太阳不过是一粒红色的糖果。太阳没有捉到，却引起因陀罗的愤怒而把他打死了。后来，梵天又让他复活，赠给他一个神奇的项链，在梵天的带动下，其他天神也纷纷向他祝福，赠送礼物与法器。哈奴曼力大无比，红赤面孔，金黄毛色，尾长无限。哈奴曼还能够腾飞变化，帮助罗摩到楞伽岛寻回其妻衍那。据说，哈奴曼东传到我国，便成了家喻户晓的孙悟空。1923 年，胡适在他的《西游记》考证里说：“我总疑心这个神通广大的猴子不是国货，乃是一件从印度进口的。也许连无支祁的神话也是受了印度影响而仿造的”，因此，“哈奴曼大概可以算是齐天大圣的背影了”。

鲁迅则持相悖的观点，认为孙悟空的形象来自本土的无支祁。无支祁状如猿猴，白头青身、火眼金睛，力气超过九头大象，经常在淮水兴风作浪，大禹治水时将其擒获，把他压在淮阴的龟山脚下。

先贤的争论自然各有其据，然而无论是舶来品还是国产的猴子，都不及孙悟空的名头大，几天也说不尽，在这里，我们还是说佛典中的猴子吧。在《六度集经》里，记载了这样一个故事。说是有一只猴王统率五百只猴子在山谷里悠闲度日。一年久旱不雨，植物枯萎，没有可以果腹的食物了。猴王向群猴问计，如何渡过难关？一只老猴子说，报告大王，河对岸有一座国王的果园，果子又大又红又香。于是，猴王率领群猴，潜入国王的果园偷吃果实。猴子们正吃得高兴，被看守果园的人发现禀告国王，国王立即指挥士兵把猴群包围起来。猴王见此，吩咐猴子们分头寻找藤子接成长绳，将一端拴在果园的大树上，另一端则系于猴王的腰部。接好以后，猴王纵身飞跃，跳到对岸的大树上。然而，藤子不够长，猴王只能用两只手抱住树干，勉力撑起一座藤桥，让群猴通过，当五百只猴子全部渡过藤桥时，猴王却气绝身亡。在佛典中，那个拯救猴群的猴王即是释迦牟尼，而那五百只猴子便是佛陀的五百位弟子，也就是五百罗汉。

这个故事的寓意不说自明，但不如小孩子教科书中猴子捞月那样活泼好玩。当然，这故事也出于佛典，见于《摩诃僧祇律》的记载，说是在往昔波罗奈城中，有五百只猴子在树林中生活。一天，一个小猴子看见井中月亮的倒影便报告猴王，说月亮掉到井里了，听了小猴子的话，猴王慌忙跑到井边俯身查看，里面果然有一轮皎洁的月亮，就对猴群说："月亮落在井里了，我们要把它捞出来，不要让世间长夜冥暗。"怎样捞出来呢？猴王说："我抓住树枝，你们抓住我的尾巴，一只抓一只，首尾相连下到井中，就会把月亮捞出来了。"猴子们认为有道理，便依言而行，然而树折不堪其重，很快便折断了，猴子们纷纷落入井中，井中的月亮找不到了，却抬头看见明月亮澈地挂在天上。佛陀告诉弟子说，那个猴王便是提婆达多，甚余的猴子即是脱离僧团的比丘。提婆达多是释迦牟尼的堂兄弟，阿难罗汉的兄长，聪明且有大神力，由于欲顶替释迦牟尼的领导地位未果而与其交恶，便率领五百名徒众离开了。释迦牟尼说的这个故事，其用意是譬喻以"邪见"引导人，终究要误人误己。知晓了猴子捞月的语境，再看这个故事似乎便不那么单纯，原来佛祖也并不那么超脱，还没有彻底脱离尘寰。

对提婆达多是这样，如果是泰国的小猴子，把一只涂满蜜的蜂窝奉献给佛陀，他又会怎样处理？一时真的想不清爽，当然佛陀会有自己的办法，何必我辈担心？因为在佛陀的注视下，猴子已不再是单纯的猴子，总会有些出人意外的表现，这当然是以猴为喻，那么猴岛呢？大大小小、老老少少，天真的小猴子呢？海风吹拂阳光而阳光如梦，总该笼罩些许佛光，而不仅仅是人一脚猴一脚的简单关系吧！

# 银官桥

银官桥在云和县崇头镇坑根村。

我们之所以来到这里，是因为这里的梯田。云和的梯田有三个一千。第一个是千层梯田，第二个是千米落差，第三个是说这里的梯田开辟于唐代，至今已经有一千年的历史了。历史久远，当然故事也多，但是导游也并没有什么故事讲给我们，只是说，这里的梯田是女孩子，在云和还有一处，是男孩子。所谓女孩子是指这里的梯田，依据山谷曼妙的姿态，曲线错综而妩媚婆娑，有一种阴柔美。而且，不同季节缤纷不同色彩，仿佛时尚女孩不断追风。可惜，我们来的时候正是雨天，虽然是细雨沾睫，却是造雾的极好元素，视线所及，只能够看到一层两层的梯田，自然领略不到第一与第二个一千的妙处，但也真是女孩子，害羞而不肯见人了。

在梯田的崖壁上，有一株缀着红色果实的灌木，果实很小，仿佛是晶莹的相思豆，问导游这是什么树，导游说没有名字，这样美丽而没有名称的植物，在这里有许多。听她这样说，突然想到了紫茉莉，在俄罗斯，有一个非常漂亮的称呼，却一时想不起来了。那就去别处看看吧。最近的是银官桥，不过十分钟车程，下山再上山便到了。据说，每年六月，在云和梯田，也就是女孩子的地方举行开犁节，那时候，来这个小村子的摄影爱好者每天有三千人，今天却一个摄友也没有见到，只有我们在寂静的山路上踽踽行走。很快来到一条溪涧，架设着小巧的木桥，叫银官桥，附近有一处小卖部，人字型的桁架上，敷设黑色屋瓦，白色的塑钢窗镶嵌在黄色的墙壁上。窗下码着绿色的装啤酒的塑料箱子，大概有五六只，还有两只红颜色的放在外侧。房子的转角钉着一块细长的栗色招牌，写着银官驿站四个字。小小的山村还设有驿站吗？再向前，在银官桥的端头，竖立着一块路牌，标出附近的景点，其中有一处叫坑根老茶坊，我们便去那里喝茶。喝茶的处所原是刘姓人家的祠堂，明堂里有两根柱子，据说是红豆杉，氤氲着一种暗红的调子，与其他杉木柱子相比似乎更加润泽。主人请我们喝茶——既有茶叶也有茶梗的茶；吃一种特殊食品，有豆腐、鸡蛋和一种海产品，我感觉好像是蛏子。坐在这里，喝喝茶，摸摸红豆杉，心情是沉寂、放松的；看看远处与近处的山峦，完全隐匿了形迹，雨迹短促而明亮，历史一点一点沉淀下来。

在这个村子，有一口很大的水井，当地人说，在明代，这里有银矿，设有银官局，曾经住有五千名矿工，银官桥、银官驿站，都是由此而生发出来的。如今银子早已挖空，但遗址还在，可以作为旅游元素。在明代，浙江是产银之地。浙江与福建应该上交中央政府的银子，永乐年间，福建是三万余两，浙江则是八万两；宣德时期，福建增至四万辆，浙江却已增至九万两；正统年间，福建是二万两，浙江则是四万两，浙江上缴的银两总是成倍地多于福建。如果做个简单的计算，从永乐到正统，总计四十六年，其中永乐是二十二年，浙江应该上交一百七十六万两；宣德是十年，九十万两；正统是十四年，五十六万两，三者合计为三百二十二万两白银。这些银子主要取自浙南，也就是丽水，更精确说，或者取自我们喝茶的小村子，这里有一处叫白银谷，便是旧时银矿的所在之地。据说，提炼银子，需要糯米，因此要种植水稻，而这里是山地，要增加水稻的种植数量，只有挖山造田，随着银子产量的增加，梯田的数量也随之增加，成为我们今天所见到的模样了。这是我来此之前，无论如何没有料到的。神奇的梯田居然是开采银矿的产物！

在明代，发掘银矿始终是一个扰民的大问题。到了万历时期，当时的最高统治者——万历皇帝，为了银子进入了癫狂状态。据《明史·食货志》的统计，从万历二十五年至三十三年，不过短短的八年，“诸珰所进矿税银几及三百万两”。珰，也就是中官，通俗说是太监，万历把这些被阉割了生殖器的家伙派到各地寻找银矿，而这些家伙暴横恣睢，“富家巨族则诬以盗矿，良田美宅则指以为下有矿脉，率吏围捕，辱及妇女，甚至断人手足投之江，其酷虐如此。帝纵不问。”“纵不问”，用现在的表述就是放纵不管。有一个叫李三才的官员指斥这样的暴行是，杀人父母，使人成为孤儿；杀人丈夫，使人成为寡妇；破人家庭，掘人坟墓，纵然对方是仇人、敌人，我们都于心不忍，陛下怎么可以如此忍心？一旦众叛土崩，小民皆为敌国，风驰尘骛，乱众麻起，“陛下块然独处，即黄金盈箱，明珠填屋，谁为守之？”他的这些话，万历一句也听不进去。在家天下时代，国家是皇帝的私产，他要这么多银子干什么？李三才委实不明白，后来明白了，他把这些银子全部交给了他的儿子，即将就藩于洛阳的福王朱常洵，希冀他万年富贵。但是他哪里料到，二十七年以后，天下大乱，灾民相食，李自成攻陷洛阳，将他的宝贝儿子剁成肉酱，和鹿肉拌在一起，为愤怒的百姓吃掉。

万历交给福王的三百万两银子有多少出自丽水，出自这个小山村，我们难以统计，但是想到这样一个村庄与这样惨痛的历史相挽结，心情是复杂的。在明代，浙江与福建一带曾经发生过矿工暴动，后来被镇压下去，这个小村子是否也卷入了呢？应该是的。想到这么一个平静的山村，曾经浸泡在汩汩涌动的血泊之中，心情就不仅复杂而且痛惜了。在《明史》的《食货志》里，有“邓茂七、叶宗留之徒流毒浙闽，久之始定”的记载，而关于叶宗留，时人张萱《西园闻见录》中有这样一段记述：

> 处州庆元人叶宗留掘小阳坑，雇矿手二百余人，开矿大作，官不能禁。采数月，得矿不够食用，弃之。正统十二年九月，领其众往云和地方有坑处悉发掘，皆无所得。云和亦万山中，官府不之计也。还庆元七都山中，住数日，往政和，掘小亭坑，矿薄，亦不给用。谓其徒曰：“与我取于山既劳而无得，孰若与尔取于人一撑而有余矣。”众皆听从，遂掠政和县及村落。

处州，便是今天的丽水。在张萱笔下，叶宗留是被视为贼寇的。这当然是旧文人观念而不足为据，却为我们留下了一则生动的史料。“云和亦万山中”是这里环境的写真，今天当然也是如此，在云和，其实不仅是云和，丽水也是，远山云横，近山攒聚，远山的蔚蓝与近山的青黛交错映带，如果云雾半施，便构成一幅黄公望腕底的画图。这些，今天是看不到了，只能感受由于雨雾而给我们带来的另一番景致，洁净的黄色泥墙与濡湿的苍色屋瓦，高低错落，清寂祥和。在坑根，我们喝茶的地方，是有名称的，叫“流水问茶”，这是一个很别致的名字，而在缙云，我们喝茶的处所，也有一个很别致的称谓，叫“泡茶待花开”，写下这几个字的时候，笔尖都飘逸一种茶的香气。是否是老茶呢？在银冠桥的坑根则肯定是老茶，因为那里曾经矿工云集，为了增加茶叶的供给量，不得不将采茶的时间，从清明之际推至端午前后，并且连梗制作，不吃新茶吃老茶，至今犹是。这当然是文尾的多余之话，而我前面提到的紫茉莉，现在想起来了，在普里什文的笔端，是称作“黑夜美女”的——“紫茉莉像瓷器一般洁白，发出扑鼻的香味”。云和梯田崖壁那株缀满红缨络一般果实的植物，也应该有一个美轮美奂的名字吧。

# 雪原茫茫

下午，去石油文化博览园，雪原茫茫，许多采油的磕头机在这里聚会。我粗略计算了一下，大概有几十台，或单独一台、或三两台，最多是五六台一组，点缀在白色的雪原上。上午，在去格林天沐的路上，曾近距离看到一台磕头机，红支架，黄驴头，当汽车从它侧面滑过时我有些兴奋，主人笑道，这东西在这儿多得很，在他的眼里实在没有什么可以兴奋的。是的，是这样，在油田，无论是国外还是国内，怎么可以没有磕头机呢？石油就是通过这个家伙从地层深处慵懒地爬出来而重见天日，它们沉睡的时间太久了。而对于我，只在书本上见过，没有见过实物的人，磕头机则是新鲜的。为了让和我一样对磕头机感兴趣的读者增加一些认知，我很愿意在这里对它的结构做些简单说明。

常见的磕头机有三种形式，一种是游梁平衡，一种是曲柄平衡，一种是复合平衡。而我们所见到的是第一种，主要构件有底座、支架、游梁、曲柄、减速箱、动力设备，等等。曲柄是半月形状的，有大有小，镂刻出许多圆孔，大的曲柄置于游梁前端，被称为驴头，笨拙地不停地上下运动，把石油一桶一桶提升出来，磕头机之称便由此而来。为什么叫驴头呢？我想是与其狭长的形状有关。这自然是俗称，在旷野，驴头的形状最为触目，硕大的镂空的半月形状的金属构件，无论怎样都会给人以浓厚狂野的工业气息。游梁式抽油机是一种四连杆机构，如果我是制造这种设备的工程师，还会这样解释，这不过是一架天平罢了，一端是抽油载荷，一端是平衡载荷。如果抽油载荷和平衡载荷形成的扭矩相等，很小的动力便可以使抽油机连续工作，而驴头的作用则是把水平运动转化为垂直运动，带动深井泵里面的柱塞而把原油从井筒里抽出来。据说，简单的磕头机一天可以抽出三至四吨原油。辽河油田是我国大型油田，一年生产一千万吨以上，如果以一座日产三吨计算，则至少需要九千座以上这样的磕头机。倘若把这些磕头机召集起来，让他们在这里开会——磕头机的碰头会，该是多么有趣而壮观的场面！这当然做不到，只能在我的大脑皮层浮想一下而已。

2007 年，辽河油田在兴隆堡无意中开采出温泉，据检测富含五十多种微量元素，是温泉之中的上品。兴隆堡镇政府抓住这个机会，以温泉为龙头，构筑了具有域外风情的度假村与居民小区。我们昨晚入住的赛多纳温泉酒店，便是这样背景的产物，既可以住宿，也可以泡温泉。我昨天泡了一会，泉水的泡沫晶莹细密，仿佛总也擦拭不净。“闲关莺语花底滑”自然是描写流淌的琶音，然而也可以转喻这里的温泉。在白色而寒冷的荒原下面，却脉动着这样温暖的水流，怎么想都是奇迹。而这样的奇迹却是在开采黏稠乌黑之物时的衍生物，当然更加使人感到奇妙。

这样的奇妙与眼前的磕头机有什么关联吗？也许会有，

也许会没有。而在这苍茫的雪原里，眺望这些硕大笨重的磕头机，一上一下徐缓地运动，难免涌起一种复杂的感受，既感受一种工业文明的冲击，也感受一种苍莽的荒野况味。同时也就突发联想，想到美国十九世纪作家欧文《阿尔罕伯拉》的一则故事。一个公主，两个老者——国王与占星家，为争夺公主，国王利用权力，占星家利用法术，而后者取得胜利，带着公主遁入深山腹部。但是他也不能如愿，公主利用音乐的魅力使占星家始终处于瞌睡状态，不停地点头，犹如我眼中的磕头机。

欧文是美国文学的奠基人，在他的笔下，那个占星家是一个穿摩尔服装的老人，长长的白胡子，隔他不远是一位美丽的公主，戴的是满镶着闪闪发光的钻石冠冕，轻轻弹着一只银制的七弦琴。目睹这个情景的是一个叫山琦卡的小姑娘，无意中捡到一只黑色玉雕的小手，而进入地宫发现了藏宝的秘密。她把这个秘密告诉了父亲，而她的母亲又把这个秘密泄露给神父。神父于是天天去她家，勒索财物。山琦卡的父亲不堪其扰，准备跑掉，“买了一匹健骡，然后把它拴在七层楼下面阴风惨惨的地下室里面；这就是大家传说的有匹鬼马在里面的地方，据说，这匹鬼马常在半夜里出来，在格拉那达的大街上奔跑，后面还有许多恶狗的鬼魂盯着它穷追猛赶。”山琦卡的父亲不相信这个传说，而是利用这个传说在一般人心里引起的恐惧，“他知道得很清楚，像这样住着鬼马的地下厩，绝没人敢摸进去的。”当日，他先在白天把家眷送走，“吩咐她们在盆地里隔这儿很远的村子里等他。到了深夜，他立刻把财物运到楼基下的地室里面，载上骡背，然后牵着骡子出来，小心谨慎地顺着幽暗的大道下山。”由于不可思议的神明的暗示，那个贪心的神父又知道了这件事情，在夜色里等着骡子出现。骡子果真出现了，神父跳上骡子，而那骡子却发了疯，从这块岩石跳到那块岩石，从这株树丛跳到那株树丛，神父的法衣被扯成一条一条在风里飘荡，“光秃秃的脑袋非但挨了树枝的不少次狠打，而且被荆棘刺得尽是伤痕。”这已经叫他丧魂落魄，受苦不尽了。他突然发现“七条猎犬跟在他脚跟后面狂吠”，不时追上去，咬一口他的脚后跟，神父这才明白，可惜太晚了，他骑上的正是那匹可怕的鬼马！

在西方文学家笔端，神父往往是被嘲弄对象，欧文的故事便是一例。然而，站在这里，凝望浩渺雪原之中的抽油机，看着它不停点头的姿态，却想到这个故事，无论如何有些滑稽，这当然只能说是联想，不能说明什么。这么想着，又突发奇想，倘若把这些磕头机涂饰多种颜色，金色、枪色、黑色、明黄、艳紫、火红，目眩五色，娇艳、斑斓、优雅的、热烈、乡土，甚至粗俗的，欧洲风采、拉美精神、非洲韵味，世界有多少颜色，磕头机也该有多少颜色，我们可让涂鸦高手，也可以让幼儿园的小朋友在这里一展身手，在上面描绘形形色色画图，有什么不可以！这里不是兴隆堡的石油文化博览园吗？如果这样做了，这片皑皑雪原将不再荒凉、寂寞，而会成为繁茂的春日花园，奇思妙想的童话世界，这该会是一种怎样的景象，锦绣霞光、灼灼耀目，想想都叫人兴奋，我们难道不应该立即动手？

至少可以试一试吧。

# 城市味道及其他

## 绍兴味道

现在的绍兴有点大城模样了。谓其大城，第一个印象是城市的道路，相比过去抬轿子走马车的细径，可以并排跑几辆汽车了。解放路、新建路、中兴路、人民路、鲁迅路、延安路、环城路，构成了绍兴市区的路网骨干。

解放路是绍兴繁华的商业区。解放路与府横街衔接之处是轩亭口，鲁迅小说《药》描写过的地方，在封建时代是刑人于市的处所。那是一个丁字路口，隆起一块方形的石块，叫行刑石，犯了死罪的江洋大盗便在这块石头上被斫去头颅。据说，妇女判死刑，在过去，最重的处置也不过是绞刑，从来没有杀头的，在水澄巷小教场执行。但是秋瑾是在这里杀了头的。为了纪念她，1933 年在她的殉难之地建立了一座青灰色的石碑。

纪念碑原本位于解放北路的边上，拓宽道路以后便端据在道路的中心点了。

由于位置的变化，有人说，纪念碑更突出了。但是在我感觉里，纪念碑与道路的比例有些失调。道路宽了，纪念碑被映衬得有些矮小，与周围景观不那么和谐。道路与周围的建筑是讲究一定比例的，道路宽阔，两侧的建筑高耸，比例就适当，按照现在解放路的幅度，秋瑾纪念碑应该再巍峨、阔大。在旧城改造中，一方面为了适应不断扩大的交通流量而加宽道路，另一方面为了保护文物，把旧有的建筑保存下来，新与旧，十分不协调。这个不协调，一方面是建筑风格，一方面是建筑体量。这是我们经常遇到的现象，岂止绍兴?

在绍兴，如果想寻旧梦，有人说，应该到鲁迅故居的都昌坊口，在那里，还保持着绍兴街巷的旧迹，周家老台门、周家新台门、寿家台门：三味书屋的所在地，小河与石桥都在，如果有雅兴，还可以乘乌篷船，坐到沈园。但我去过以后，仍感到失望。原因是都昌坊口已经不是纯粹的旧迹，大部分是新建，是花了高价钱制造的假古董。只有石桥下面的绿波还潋滟着历史的暗影。

在我的屐履所到之处，徐渭的故居一带，庶几还可以寻觅一丝两丝的旧味。说是“一带”，好像有多大的环境，其实只是两条老屋接续的小巷而已。小巷纤细，两侧高墙涂饰白色的灰泥，也就是江南人所说的粉墙吧。因为风雨的缘故，墙的颜色早已不那么鲜艳了，路经这里，难免不忆起唐时刘席平“更深月色半人家”的诗句。春夜迷离，月迹投映在小巷的半边墙上，演绎出月色与小巷之间的美妙关系。

两条小巷衔接的地方便是徐渭故居，也就是著名的青藤书屋，一座不大的小园，葱茏着一株金桂。从园里出来，我的衣襟上还沾染着金桂的幽香。

小巷叫大乘弄，宽些的，忘记叫什么名字了。

绍兴的旧城味道，是不是就是这样呢？我不是绍兴人，没有话语权。只能谈一点个人印象而已。

## 郑州零影

仿佛有人故意同我们捣乱似的，刚刚驰进河南境界，大雾便垂天而至，司机立即放慢速度，打开双闪，原本睡觉的人也都坐起来，紧紧盯住前车的尾灯——迷蒙着朱红色的光晕，紧张而又有些兴奋。

我们是在早晨八点钟从北京出发去郑州的。由于雾的缘故，直到中午一点，高速公路才放行。在此之前，不是因为北京有雾，而是因为河北的雾还没有散尽。哪里想到进入河南依然用雾迎接我们呢。那雾也确实有气势，在驶过黄河大桥的时候，如果说，我们原来还可以见到前面汽车的灯光，那么，现在是一丝光影也见不到了，真正地被装进鼓里。此时的雾早已不是“才隐南山之豹，欲迷北海之鲲”，而是弥天大雾，“混天地之大块”了。这时候，我才感到“光”的宝贵。有谁不珍惜、不颂扬“光”的伟大，那就请他这时候到我们的汽车里来吧。

到了郑州，当地人抱歉似的向我们保证，以后天气就好了。次日，果然晴朗无雾，大家都高兴。但是，第三天，天空又开始阴翳，吃晚饭的时候，霰粒零星，很快就飞雪连绵了。与北京的雪也没有什么不同，冰冷的、棉絮一般，徐缓、旋转、坠落，如果一定要寻找殊异，把雪喻为“哲人”，栖居在光秃的树冠上，北京的“哲人”要花费几天时间，才能想通为什么突然从云端跑到尘俗，郑州的“哲人”则一天便释然了。相对北京，郑州毕竟降低了几个纬度。

而且，相对北京，郑州也没有那样繁密的巍峨大厦，比如，我暂住的嵩阳饭店附近，友爱路、互助路、百花路一带，基本是四至五层的红砖楼房，那种五六十年代建造的居民楼，在当时，对于普通百姓，是极大的改善了。如同这里的楼房不高，这里的道路也不宽，上下两条车道，外侧是非机动车道。楼房的底层是商店，都是小店，但是店面整齐。我第一次到这里是随意性的散步，正是清晨，商店还没有营业，但是小姐们已经做准备了。不知为什么，突然涌出一种兴奋的微澜，决定傍晚或者夜晚的时候，再到这里蹀躞，玩味灯光之下的景致。次日，也就是落雪的那天，再去，果然是另一种景象了。雪花把灯影的红绿迷离叠印，行人寥落，小店里面衣袂朦胧。

类似于这样的街道，在郑州，我还到过的是郑州大学后面的桃源路。也是四五层的红色砖楼，也是狭窄的街道与不大的店面，便道纤细，不如友爱路一带疏朗整洁，凄冷泥泞，树窝里堆满了黑色的积雪，景观与氛围略差。但是，我还是喜欢那里，不高的楼房、不宽的街道、不大的商店。我为什么会喜欢这样的地方？后来明白了，可以用“宜人尺度”解释，体量不大的建筑物与常人之间的空间关系，是会产生亲近感的。而且，类似的红砖楼房，在北京旧的居民小区经常可以见到，在异乡见到熟悉的景物，于亲切的留恋之中，进而兴奋，也是自然之事，没有什么可奇怪。这当然是心理分析，与现实无关。现实是郑州的雪虽然很快就消融了，梧桐的叶片却几乎凋零，枯黄、赤褐，把郑州装点得有些斑驳。

梧桐是郑州的市树，是绿化郑州的主要树种，郑州雅称绿城，是与这个树种分不开的。

我后来才知道，那场大雪，在时间上打破了当地纪录，媒体报道，郑州从来没有在12月初下过雪的。

## 城市广场

穿过绣衣坊，可以看见两只水车。水车的体量都很硕大，但是仔细看来，还是有大小之分，一只大些，一只小些，组合在一起，不停地转动，把水一斗一斗地提上来，又一斗一斗地泼洒出去，发出哗哗的声响，岁月便在这声响里转化为烟云而流淌过去了。水车的一侧，有两个人物，一个是南宋的邹应龙，一个是明末的李春烨，都是当地著名的历史人物。据说这个地方是泰宁的风水口，因此在这里修建了文化广场，而邹与李的雕像则是广场的核心与精华。

泰宁旧城的中心是炉峰山，山上与山下有三条溪水，所有的民居都背山面水，而蜿蜒的城墙则把这些山水与屋瓦围绕在里面。乾隆年间有一位叫许灿的本地教谕写过一首五律，吟哦这里是："一篑炉峰秀，孤城雉堞环"，雉堞即城墙上有缺口的女墙，俗说射箭的垛子；"溪声巴字水，雨意米家山"，溪流蜿转状若"巴"字，山峰被笼罩在烟雨之中，仿佛米芾笔下的画卷。当然，今天的泰宁早已突破了往昔格局，而以邹应龙和李春烨雕像为中心的文化广场，自当是新气象的一种生动的表现吧。

邹应龙，字景初，生于南宋乾道八年，卒于淳祐四年，官至端明殿学士，签书枢密院事，辞世以后被追赠少保，谥文靖。这是一位性格耿直，体恤民瘼的历史人物。比如，在他出任安徽池州的郡守时，正直池州受灾，民生艰难而官府又无粮可放，邹应龙于是裁减当地驻军的兵饷以赈济灾民。他的这个做法自然损伤了当地驻军的利益，从而将他告上朝廷。后来，邹应龙再次入京，然而仅几个月，便与权相史弥远发生了激烈冲突。邹应龙于是请求外放，但史弥远还是不肯放过他而唆使言官，以邹应龙曾经擅自惩治宗室、裁减兵饷等事进行弹劾。邹应龙于是愤而辞官。端平二年，面对蒙古铁骑的威逼，理宗请官员们上陈方略。邹应龙提出了选贤任能，薄徭减赋，培养国力、精兵防北与和睦南夷等十策，深得理宗的认可，称赞他的条陈是“甚切直”且“嘉纳行之”。

这是邹应龙的大致生平，与他并列在一起的李春烨则晚了两个朝代。

李春烨，字侯质，号二白，生于明隆庆五年，卒于崇祯十年，官至兵部尚书，与邹应龙一样也被封为少保，这样的人物是完全应该列入正史之中的。可是，无论是《明史》还是福建的地方史中都没有他的只字记载，这就难免令人奇怪。我后来明白了，他是魏党，魏忠贤塌台之后，在“钦定逆案”的名单中包括李春烨，罪名是“交结近侍”，也就是勾结魏忠贤。魏，是阉党的首领，被列入这个团体当然要受到处罚。处罚的方式是“坐徒三年，纳赎为民”，虽然可以交钱免刑，然而在乡梓面前，也就是说，在当时的泰宁，李春烨转瞬成了为人所不齿的败类，“愤青”们，有些愤激而年轻的读书人甚至当面唾之。

在中国的传统文化中，从来忠奸不两立，也就是俗话所云：“不抓奸臣不散戏”，却哪里想到，三百年以后，这两个人物——忠与奸，却被强扭在一起，而且让他们隔空穿越，并坐在广场上举杯畅饮，这算什么道理呢？唯一的道理是他们都是泰宁人，均为少保级别的一品高官。有学者说：城市是文化的容器，那么，城市里面的广场呢？

应该说及的是，邹应龙是宋宁宗丙辰科状元。那一年他刚满二十四岁，这在状元的行列里算是年轻的了。他读书的地方在上清溪——拥卷苦读五年，后人把这个地方称为状元谷，作为激励少年攻读的处所。乾隆时有一个叫谢高全的廪生登临至此，奋力榜书“状元岩”三个摩崖大字，且做诗吟咏这里的山川人物，我把移录于此，作为这篇小文的结束：“探幽寻胜到灵岩，路入层霄已隔凡。此处书声通帝座，当年柳汁染春衫。峰浮远翠晴云出，石压空青落日衔。五百年来谁嗣响，欲将椒糈问巫咸。”

## 指尖上的花朵

从石柱县归来，已然将近一月了。

回想那里的人文与地理，心曲里保存最为深刻的，一时难以说清。然而，无论怎样，大风堡的观景台是难以忘却的。到石柱县的第三天，我们来到这里，给我的第一感觉是壮丽与惊悚。这里的观景台，是仿照美国科罗拉多大峡谷的玻璃桥而兴建的。前几天我刚去过美国，参观了那里的玻璃桥——用钢梁与玻璃修建的半环形的走廊。站在玻璃桥上，眺望被时光剥蚀的嶙峋山峦，灰青与暗红的岩石交错纠结，难免升起一种洪荒与复杂的感受。那里是印第安人的保留区，或者说是印第安人最后的栖息之地，修建玻璃桥要征得印第安人的许可，而且旅游收入的一半要交给那里的酋长。

这里的玻璃桥是悬挑式的，从峡谷的一端，向峡谷深处大幅度伸展，也是钢架与玻璃的组合，而且钢架的颜色涂抹朱红色，在苍翠的山谷里娇艳欲滴。站在桥上，感受是复杂的。在美国旅行，时常不免将那里的山川与故乡对比，中美都是大国，山川壮丽，星空璀璨而各有所长，比如这里的玻璃桥，相对于科罗拉多少了些荒漠多了些娇媚，少了些隘板的颜面而多了些浓绿晶莹的柳杉连绵无际，映衬着晶莹、蔚蓝的天空，从任何一个角度看，都是难觅的画图，只是交通不便而知者甚少。听说，从重庆到石柱的动车即将通车，那时这里的玻璃桥，也会如同科罗拉多那样涌现如织的游人吧！

石柱县的城区不大，在大山丛叠中，寻觅一块平展的土地是难之又难的，而且即便寻到，也不过指尖那样大小而已。但是，虽然如此，这里却有两条河流。一条是龙河，从县城的边缘流过，河床宽广，水势凶猛。当地人告诉我，这是长江的支流，最终汇入大海。在这条大河的边上，还有一条小河，从城区的中部流过，湍急浑浊。据说，昨天刚刚下过雨，将山里的泥土冲下来，原本是清澈见底的。这是一条人工开挖的小河，仿佛银亮的丝带把小城装点得妩媚生动。因此，叫玉带河。

玉带河中段岸边是旧时县衙，曾经是秦良玉驻地。秦良玉是我们所熟知的历史人物。《明史》谓其：“饶胆智，善骑射，兼通词翰，仪度娴雅”。她曾多次平定叛匪，两次奉诏率军勤王，坚毅果敢，自出家资，接济军饷，解救北京的危机。崇祯召见她时，做了四首诗赞颂她的功绩。其中有这样两句：“蜀锦征袍手制成，桃花马上请长缨”，与《明史》的记述，可以互读，而令人感喟。秦良玉勤王时在北京的驻地，后来改做四川会馆，其门首悬挂匾额曰：“蜀女界伟人秦少保驻兵遗址”。我因为研究北京历史地理，对秦良玉充满敬意，但只知她是川人而再莫详究，却哪里想到她与石柱的关系呢？当我听说秦良玉便出于此处时，内心深处倏地闪过了一道灵光。喔，这是一位石柱女人，她的面容与身影刹那之间鲜活起来，而石柱县在我的心底自然增加了无限分量。

次日晚间，主人请我们到一个叫万寿山堡的地方饮酒，之前有一场擂鼓演出。鼓声宛如云间的怒雷，喧豗追逐而叫人血沸。在这里，喝酒的风气是，每饮一碗酒，便把酒碗摔在地上，“砰砰”的碎裂之声，有如江潮澎湃，据说是秦良玉上阵之前的遗风。在这里饮酒，冥冥中总会感到一种宿命的力量。这就是石柱，有这样强悍的民风，怎么可能不涌现秦大将军这样的巾帼英雄呢？

散酒以后回到宾馆，因为口渴到外面买矿泉水。灯光明丽繁密，小城被映出了另一种风貌。因为是山城，平地仄窄，道路纤细，楼房整洁秀丽，楼下的房子都辟为商店，虽然是不大的小店，但是鳞次栉比，苍海明珠似的泛射清丽的光泽。

我注意到有一家小店，门楣上端悬挂一只粉红色的灯箱，凸显一个带帽子的少女头像，明眸如火，把游客的心都照亮了。小店的名字叫：“指尖上的花朵”，是一家美甲店。正是做夜市的时候，衣裙飘舞，长发如瀑，纤巧的少女进出不断，我的心也柔和、温馨起来。在石柱，原来还有这样的一面，壮丽、坚毅之外，秀丽清纯的另一面，指尖虽小，却长短不一，十个指尖，便有十种形态，指尖上的花朵当然也是如此，纷华、尖新、明秀，无论如何难以释怀。

## 崖壁上的苍翠精灵

接近石林峡的时候，汽车的挡风玻璃上有几次闪过“雕窝”的蓝色路牌。为什么叫“雕窝”？这是个以旅游著称的小山村，同行的人说，“雕窝”，原来做“刁窝”。“刁窝”又是什么意思呢？

雕窝西侧是石林峡，是四A级旅游景点，在北京颇有名声。据说，这里在亿万年以前是汪洋大海，后来由于造山运动地势抬升，形成了今天这个模样。赪红色的岩石，层层叠压，仿佛是一部没有打开的大书。北京人常说，北京的前身是苦海幽州，海，在这里得到印证；然而，又有多少我们不知道的历史隐匿在这部大书之中！

在石林峡的溪谷里，侧卧着一块粉红的巨石，叫“霞姑石”。传说，霞姑是一位美丽的姑娘，与打柴的三郎青梅竹马，情投意合。许多富家子听说霞姑美貌，纷纷前来求婚。霞姑的父亲看中了一位漂亮的富家子，霞姑知道以后焦虑不安，但是又不能违抗父命，便对父亲说石林峡有一块巨石，谁能够背动，就嫁给他。于是，求婚的人走进石林峡，石头太大了，怎么能背得起来？谁也不肯再向前走，只是站在那里摇头叹气。这时，三郎走过去，低下腰，把石头拢在背后，大喊一声："起！"便把巨石背起来，向前走了三步，很轻松地放下，随后拍拍手，掸掸衣服，面不红心不喘，站在那些富家子弟面前。

成亲以后，霞姑与三郎，男耕女织，过着幸福生活。但是，好景不长，一只恶龙垂涎霞姑貌美，乘三郎外出，逼迫她做自己的妻子，霞姑倔强不从，撞死在巨石上。三郎知道以后，火急赶回来为妻子报仇，与恶龙搏斗起来，最后得到伏虎罗汉的帮助而将恶龙打败，缚住它的手足而像石头一样丢进深潭，不允许它再兴风作浪欺压百姓。霞姑撒手人寰，三郎痛不欲生，爬到陡峭的峰顶跳崖殉情了。这时刮来一阵罡烈的天风，三郎的精灵随着围绕那块巨石旋转不已，之后又向山崖盘旋，徐徐降落在山崖的柏树上。当地人说，那些葱郁的崖柏，便是三郎的化身。这是崖壁的精灵呀！

在我国，忠贞不渝的爱情传说甚多，梁山伯与祝英台，董永与七仙女，还有白娘子与许仙——白娘子虽然有些沸沸妖魅气，但是盗仙草、雷峰塔与水漫金山的情节却格外令人感动。这不是人与人，或者人与神，而是人与动物之间的爱情故事。我有时奇怪，在人与动物之间，为什么选择的是冰凉的蛇而不是其他温暖的动物呢？这当然是可以研究的。在中国的传统文化中，男女之间的爱情可以是"山为陵，江水为竭"，"冬雷震震夏雨雪"，可以将天地重合而又以天地为证。

在爱情面前，任何力量都是孱弱、苍白的。霞姑与三郎的故事也是如此而毫不逊色。

至于崖柏，我多少有些知识，这是一种常绿植物，有乔木与灌木之分，伸展着浪花形状的枝丫与小鳞片一样的叶子，分布在北美与东亚地区。在北美，一种叫北美香柏，一种叫西部红雪松。在东亚，有日本崖柏、朝鲜崖柏和中国崖柏。在我国，分布在重庆的城口与河北太行山脉的悬崖之间。特殊的生长环境，使其具有特殊的形态，是制作盆景、药材和根雕的好材料，而引起不少盗木者的觊觎。近年，石林峡也出现了这样的盗木者，亏得管理者警觉而将其抓获，使得这里的崖柏免受斧斤之痛。我问管理者如何处理这些人，他说教育一番就放了。就这样放了？那有什么法子呢！如果是我处理，我想，也许我会告诉他们这个传说——霞姑与三郎的故事，会不会对他们有所触动？这当然只是我的幼稚想法，兴许会被那些盗木者耻笑吧！

据说，崖柏的叶子，不同的崖柏，香气各异，北美香柏闻来有苹果味，西部红雪松有水果味，日本崖柏的叶子碾碎以后逸散出柠檬气息。中国的，石林峡的崖柏呢？我没有研究也就没有发言权。如果有机会，我愿意再回到这里，多多盘桓一些时间，谛视这瑰异的霞姑石与峭壁上的苍翠精灵，至少嗅嗅这里的崖柏气息，想象这里的崖柏像梵高笔下的向日葵那样炽烈而幸福地燃烧，总是美好而应该的吧！这么想着，不禁回头望望，午后的阳光如此温煦，雕窝村水流花开，迎接纷至沓来的游客——他们知道这个美丽、凄婉的故事吗？

# 淮安名物

## 门墩

周恩来故居在淮安市驸马巷7号。

7号有东西两座院子。参观的时候进东院门，完毕出西院门。东院第一进是曲尺形状，房子也是曲尺形状的，是周家教育子弟的家塾，里边陈列着周恩来读书时小小的课桌。第二进有三间北房，中间是堂屋，东间是周恩来诞生的地方，房内深处有一张木床，悬挂着蓝花布的帐幔。

西院有两间房子，是周恩来嗣母的住处，门前有很大一株腊梅，可惜我们去的时候，叶子已然落尽而梅花尚未绽放。在故居里徜徉，有一种明净、安详的感觉。在我的印象，似乎是，院门有两只门墩，小巧、明润，仿佛两只洁白的蜗牛。

门墩，在建筑界称抱鼓石，在北京常见，在淮安也如此。北京的门墩大体有两种，一种是以圆形为主体的圆鼓，一种是长方形的方鼓。在形状上，圆鼓比较复杂而分为三层。第一层是狮子，只雕出狮首，俗称趴狮；第二层是圆鼓，雕成大鼓模样，鼓的边缘刻出圆形的鼓钉，中心是鼓面，下面是荷叶，两端翻卷，做出腰鼓形状；再下是须弥座，镌有上枋、上枭、束腰、下枭、下枋与圭角。须弥座的三个立面均刻出包袱角，镌刻锦文花卉。相对圆鼓，方鼓的形状简单，由幞头与须弥座组成。幞头之上亦有雕刻狮子的，有蹲狮和卧狮，而无趴狮形象。

在北京，门墩有时被附会出许多原本没有的文化，诸如圆鼓象征战鼓，因此住在这里的主人是武将；方鼓象征书箱，因此是读书人之类。不知淮安是否也有这样的说法。其实，无论何种形状，门墩不过是建筑构件，因为门墩的后部是门枕石，门枢固定在门枕石的海窝里，故而门与门墩成比例消长。门的体量越大，门墩的体量自然越大，反之亦然，二者相互制衡。

但是，在淮安，门墩还有另外作用。在苏皖边区政府旧址，我见到许多门墩，不是作为宅门，而是作为房门的制衡，把门墩设在房子的门口——每座房子都有，即便没有，也要在房门两侧的墙壁下角涂抹白色颜料，正面涂一条，侧面涂一条，作为虚拟门墩。而且，大部分不是作为房门的制衡，而是镶嵌在房门两侧的墙壁内，作为墙的基石——也就是角柱石而存在。这样，门墩所承受的，则不是门，而是墙的重量了。为什么要这样？这就与北京大不一样。在北京，门墩只设在宅门外面，即使是渠渠的夏屋也不采取这种做法。

当然，北京与淮安也有相同之处，在门墩的鼓芯与幞头上，不约而同地都要雕刻诸如：大狮子与小狮子；骏马、蜜蜂与顽皮的小猴子；粉莲、碧波荡漾；牡丹的花朵幸福盛放，白头翁飞翔。这些传统物象，通过谐音组合而被赋予了美好寓意。然而有一点，还是不同，北京的门墩，从不雕刻文字，淮安就不一样了。我见过一对青灰色的幞头门墩，一只刻有："居家有道性存厚"，这一只应该踞于门首的左侧；另一只："处事无奇但率真"，倡导忠厚、率真的家风。家家户户倘若如此，世风怎么会这么浇薄！

近些年由于城市建设，北京的许多老宅被拆掉了，淮安大概也是这样。老宅消泯了，一些小构件，被商家作为商品贩卖，诸如瓦当、砖雕、门墩之类。淮安有一家"一品状元"商店，在网上刊登其所出售的门墩图片，其中有这样一只，另一只不知哪里去了，被商家这样描述：

门墩：福禄寿。质地汉白玉。高 47 公分，宽 46.5 公分，厚 13.5 公分。重约 120 斤。价格 1480 元。浏览总量 682 次。收藏系数 2 次。销售总量 0 件。销售总额 0 元。销售系数 0。

还有一对门墩，也被这样描述：

汉白玉门墩：鹤与祥云。品相 7.5 品。数量 1 件。价格 850 元。运费快递 20 元。浏览总量 5 次。收藏系数 0 件。销售总量 0 件。销售总额 0 元。销售系数 0。

此外还有：汉白玉门墩，鼓石，无裂、包老，1500 元。这是一对素面没有任何纹饰的圆鼓；明朝汉白玉门墩一对，高浮雕，方鼓，4480 元；汉白玉门墩，方鼓，梅与鹿，清朝，4980 元；清朝方鼓，万字文，一只，1180 元。还有，不再一一抄录了。在商家的眼底，这些门墩，无论是明还是清，都只不过是可以卖钱的玩意，没有什么可以留恋。但是，不知为什么，这些门墩的销售系数都是 0，一只也没有卖出去。这些孤零零的门墩，原本是有家的，而且是家中的重要成员，现在却被放逐而形单影只，在暮色深沉中踝蹬街头，怎么想都难免不令人心痛。

2001年我因为撰写一本描述北京传统宅门的书籍而去许多胡同调研，有一天在土儿胡同发现了一对门墩，是那种圆鼓门墩，凸起的鼓钉用彩色粉笔间隔有序地涂出红、绿两种颜色，涂得很均匀，没有一丝溢出鼓钉边缘，我估计是小朋友精心的涂鸦，但却无心中将门墩打扮成了另一种喜人的模样。如果将这些门墩交给小朋友，让他们去装点各家的门墩，将会涌现一种什么景象？至少会开发小朋友的智慧，而使我们的城市或多或少的美丽些许吧？

可惜这只是我个人一点云端上的幻想，现实是，在城市建设者的驱赶之下，胡同，那样多的胡同与四合院都藏匿起来，藏匿到说不清楚的什么地方去了，在时间的褶皱里还可以寻觅它们的踪迹吗？万幸的是，在北京，还有众多的门墩没有被遗弃，在淮安也还有不少，如果哪一个公益性组织，把北京与淮安的小朋友组织起来，以门墩为主题，搞一个美化城市竞赛，是不是有些意义呢？我们常说爱祖国爱家乡，那就不妨从门墩做起，有什么不可以呢？

## 抗金菜

淮安有一种野菜叫抗金菜，学名蒲菜。蒲菜是一种水生植物，纤长细嫩而茎部可食。吃蒲菜的时候要把绿色的叶片剥去，留取里面白色的一段，大约有一尺长短，拇指粗细，人们所说的蒲菜便是指这一部分。

在上海，有一道菜叫“开洋蒲菜”。淮安也有，只是改了个名字，叫“虾米蒲儿菜”，因为虾米就是开洋。做这道菜时，上海的烹制方法是：

将蒲菜洗净切成10厘米长的小段，放进煮沸的鸡汤里，烫至六成熟时捞出；再将蒲菜用清水洗净短时间煸炒，烧至熟软时起锅，与虾米、葱、姜放在扣碗内，复舀入鸡汤上笼蒸之；八分钟后取出，将鸡汤滗回锅内，捡出葱姜，把蒲菜整齐码放在盘子里；最后，将剩余的鸡汤烧滚、勾芡，浇在蒲菜上，便可以端给食客了。做这道菜的关键是，在经过焯水、油煸、清蒸三道工序以后，仍然要保持蒲菜的本色，香味清纯的效果。

这是上海的做法，淮安与之相当，只是被赋予了更多的人文内涵。

这要从吴承恩说起。

吴承恩，淮安人，以《西游记》闻名。通过唐僧师徒四人去西天取经扫除鬼怪妖魔的故事，展示了他对其时社会的愤懑与指斥。同时，也有意或无意地呈现出他对淮安风物的描述。在《西游记》第八十六与八十七回中，吴承恩讲述了一只艾叶花皮豹子精的故事。艾叶是一种菊科植物，叶子深绿而有褶皱，艾叶花皮豹子是一只绿色的花豹吗？先是豹子精把唐僧掠去，后来被孙猴子解救出来，同时搭救了一个打柴的樵夫。樵夫的老母感激不禁，请师徒吃饭，山里的穷人办席，有什么可摆的呢？自然是野菜：

嫩焯黄花菜，酸齑白鼓丁。

浮蔷马齿苋，江荠雁肠英。

黄花菜即金针菜，属百合科，刚采摘的花朵有微毒，因此要用沸水焯一下，将毒素去掉，“嫩焯黄花菜”便是这个意思。黄花菜也称萱草，据说久食可以使人忘掉忧愁，因此又名忘忧草。白鼓丁即蒲公英。浮蔷是雨久花，浅蓝色的花朵硕大美丽。马齿苋的叶子肥嫩多汁，在北京也常见。江荠与雁肠英，都是水生植物。然而，还远远不够，下面还有，总计三十八种，而且都是淮安的野菜，其中：“油炒乌英花，菱科甚可夸。蒲根菜并茭儿菜，四般近水实清华。”乌英花生于水泽之中。菱科即菱角。蒲根菜即蒲菜，茭儿菜即茭白。没有更好的食品招待孙猴子们，对于樵夫的老母当然是无奈之举，但是对这些善良的精灵，樵夫与他的老母，还是要有所表示，那么就通过数量，用三十八种野菜表达谢忱吧！《西游记》在中国古代四大名著里属于另类，不仅故事另类，而且以家乡野菜作为文化语境，也仅见于此书而不同于其他三种。

在淮安，蒲菜不仅与吴承恩，与梁红玉也有密切关系。

梁红玉是抗金名将韩世忠的妻子。韩世忠，据《宋史》记载，谓其人：“风骨伟岸，目瞬如电。”早年家贫无业，“嗜酒尚气，不可绳检”。有一个算命先生预测他日后将会发达，“当作三公，世忠怒其侮己，殴之。”三公即太师、太傅与太保，是封建时代尊显的高官。这是百姓想都不敢想的，韩世忠也是这样，认为算命先生取笑自己，非但不感谢反而将其痛打了一顿。他哪里料到，后来真的发迹，不仅位及三公，而且做了咸安郡王呢？缪荃孙 1915 年刻印的《京本通俗小说》中收有一则《碾玉观音》，小说中的咸安郡王便是韩世忠。《碾玉观音》也被收入《警世通言》里，改为《崔待诏生死冤家》。小说描写了四个人物，用结尾的四句话概括是："咸安王捺不下烈火性，郭排军禁不住闲磕牙，璩秀娘舍不得生眷属，崔待诏撇不脱鬼冤家。"璩秀秀是咸安郡王府里的养娘，一天趁王府走水之际与碾玉工人崔宁逃奔潭州结为夫妻，后来被郭排军发现，告诉了咸安郡王而被抓回打死。崔宁则被押解到健康，半途遇见璩秀秀。不久，崔宁奉诏修理玉雕观音又回到临安居住，郭排军又发现了璩秀秀，郡王再次派人去抓拿。到了咸安郡王府，郭排军掀开轿帘不见了璩秀秀，却被一桶水从轿内泼出来，把衣服打湿了，吓得郭排军"开着口合不得"。咸安郡王十分恼火，将他打了"五十背花棒"。在中国，我始终认为宋元明的话本是白话短篇小说经典，至今无人企及，原因之一是，这些小说讲述的是老百姓的人情世故、柴米油盐与歌哭笑怒的幽曲，并没有什么高深道理，然而我们却评价过低，不知是什么原因。一时真的难以说清，那就不说，还是说韩世忠吧！

根据《宋史》记载，韩世忠十八岁时便"应募乡州"，"挽强驰射，勇冠三军。""尝中毒矢入骨，以强弩括取之，十指仅全四，不能动，刀痕箭瘢如刻画。"建炎三年，韩世昌与金兀术在长江激战，"兀术兵号十万，世忠仅八千余人"，不足对方的十二分之一。在这场战役里，韩世忠发挥了高度智慧，他料定兀术要到金山庙窥测宋军的虚实，"乃遣兵百人伏庙中"，"金人果五骑闯入"，"庙兵喜，先鼓而出，仅得二人"，逃走了三个人，"中有绛袍玉带、既坠而复驰者，诘之，乃兀术也。"梁红玉也十分勇猛，不避箭矢，"亲执桴鼓，金兵终不得渡”，京剧《擂鼓抗金》便出自这段真实的历史。

相对韩世忠，梁红玉更富有传奇色彩。南宋罗大经在其所著的《鹤林玉露》说她原本是京口营妓：

> 尝五更入府，伺候贺朔。忽於庙柱下见一虎卧，鼻息齁齁然，惊骇亟走出，不敢言。已而人至者众，复往视之，乃一卒也。因蹴之起，问其姓名，为韩世忠。心异之，密告其母，谓此卒定非凡人。及邀至其家，具酒食，卜夜尽欢，深相结纳，资以金帛，约为夫妇。

韩世忠是老虎一样的异人，而梁红玉则颇具红拂女的眼力。这样的女汉子当然不可以小觑。

建炎六年，韩世忠“授武宁安化军节度使、京东淮东路宣抚处置使，置司楚州”，楚州即今天的淮安。此时的淮安饱经兵燹，荆天榛地，韩世忠“披草莱，立军府，与士同力役”，梁红玉“亲织薄为屋”，亲自织帘子做帷幕。当地相传，在勺湖一带，梁红玉发现马吃蒲菜的根茎，便亲自尝食，淮人以蒲菜为食，蒲菜被称为抗金菜便由此而来。近千年溪水一样流淌过去，现在的蒲菜早已不是聊以果腹的野菜，而是淮扬菜系中的一道名菜了。而且，今天的蒲菜，已然价格不菲且伴随季节变化，季节不同价格也不一样。最贵的是秋季蒲菜，春季的800元，秋季的大约1000元一斤。这大概是吴承恩与梁红玉无论如何也料想不到的吧！

# 静园的名片

静园在和平区鞍山道70号。

在静园的一张展柜里，陈列着一张名片和一张门证。名片制作得很简略，偏左是“绍英”两个黑色大字，右下角是“新鲜胡同绍宅”红颜色的小字。名片的底色是白色的，其尺寸比今之名片要大许多。相对名片，门证略小，正中印“绍越千”三个大字，左侧是“吉字第叁号”，右侧是“乙丑年二月十二日”，而在“绍越千”的顶端是“门证”二字。这些，在这些字的外端，围绕着覆斗形状的黑色线条作为装饰。当然，门证的底色也是雪白的。

陈列名片的展柜摆在静园主楼一层入口处，每一位游客都要从这里经过，在这里，只有这样一张展柜，而展柜内只有名片、门证而别无其他展品，可见这名片与静园的重要关系。站在展柜面前，我凝视了很久，新鲜胡同我是知道的，位于北京朝阳门内，胡同里面有新鲜胡同小学与梁实秋故居，那所小学曾经是台湾学者李敖读书的地方，没有想到，在天津的静园居然看到了与北京新鲜胡同有关的名片。

回到北京，查阅了一些资料，大体知晓了绍英生平。绍英这个人，在溥仪《我的前半生》中多次出现，说他是一个极恭顺的人，虽然他在内务府大臣的位置上时，溥仪已然是逊帝，但皇室的机构仍然存在，内务府便是其中的一个。内务府是一个积弊很深的衙门，溥仪把绍英撤掉，派郑孝胥进行整顿。郑表示虚怀若谷，倾听下情，拟定每周和司员们座谈一次，请他们为“改革”出些主意。有一位司员建议，宫中各处祭祀向例需要大批果品糕点，浪费太大，不如用泥土与木雕的代替，郑大为欣赏，将贡献这个主意的人擢升一级。但是负责这件事情的太监们很是愤怒，因为他们早已把购买供品作为自己收入的来源，而把郑恨之入骨。一天，绍英进宫觐见溥仪，他的神情，溥仪后来这样写道：“带着一副胆小怕事的样子出现在我面前，说是现在的步军统领王怀庆对郑孝胥的做法很不满意，王怀庆说如果再叫郑孝胥闹下去，民国如果有什么举动，他就再没办法帮我的忙。一听这话，我才真怵了头。”结果是，郑孝胥重回“懋勤殿行走”，而绍英又回到内务府掌管印钥，改革自然是彻底失败。

绍英，生于1861年，卒于1925年，满洲镶黄旗人，马佳氏，字越千。在静园陈列的那张门证，便是他所持有的。乙丑，当是1925年，门证的精确时间是二月十二日，就是说，绍英故世当在此后，二月十二日这一天，距离他离开尘世的时间十分接近了。在他，以及与其交往的人，兴许还没有料想到吧！他在这一天做了哪些事情，自然有绍英日记可查，而他的日记不仅为他本人，也为其所处的时代，提供了许多珍贵而又令人心痛的史料，在庚子事变，八国联军攻入北京那一年，绍英有这样一段记载：

阖家在西北小院暂避，日本兵八名来搜，索银表等物而去。

这一天是七月二十三日，日本兵来绍宅“索银表等物”。“索”是委婉的表述，“索”的结果可以是“与”也可以是“不与”，对日本兵的“索”，绍英的选择是“与”，当时的北京已经处于鼎沸状态，他怎敢“不与”！

八国联军进入北京以后，将北京城区划分为若干片，进行分片管理，绍英所在的新鲜胡同正处于日本兵的管理范围。与美国兵一样，进城之初，日本兵也是“挨家搜掠，俱囊满箱盈”，绍英的被“索”，只是个案而已。当然远不止于此，与绍英在同一时间被困居在北京的仲芳氏，在《庚子记事》中对这些兽兵的横逆有详细记录，我这里只引述两例：“初六日，各街巷家家门前每晚点灯，偶有未点之家，或被风吹灭，洋人将门踢撞，无论男妇揪出痛打。前后街连日夜被打者数十家，真是昼夜不得安生。”又：“二十一日，洋人清晨在各胡同挨户踹门，进院在各房中搜拏年轻之人充当苦力；凡一家三人者，捉去其二,四人者捉去其三，只留衰老一人。家家如是，举巷惊慌。”“甚至京官进士亦拏去洗衣、刷车、搬砖、抬土、扫地、擦桌，稍不遂意，用皮鞭马棒百般毒打，真是有意凌辱中华人也。”

北京如此，天津也不能幸免。在北京做官的天津人华学澜于其《庚子日记》中记述他的一位表姐丈郦君自“津来”，述说：“洋人初入城，诚未扰民，其逃者闻其不扰，稍稍归。归后乃大斯掳掠，无论男女皆掳往紫竹林，勒令入教，剪去发辫，为之执役。”听到郦君的叙述，华学澜的心情是：“闻之令人心悸欲死”。但是家中的情况究竟如何，郦君也不清楚，“音信不通，实无法可设，不觉食无下咽。”

北京与天津是有着血缘关系的两个城市，天津因京而立，北京因津而安。曾经有很长的一段时间，在政治舞台上，北京是台前，天津是幕后，失意的高官们往往选择在天津租界盖西式洋房做寓公。溥仪也是如此，只是静园更为复杂，最终他从这里出关，做了日本人的傀儡皇帝。绍英自然不会追随他，因为他早已物故。然而，奇怪的是，他的名片却不知为什么要陈放在这里。根据溥仪自己的回忆，他在 1925 年 2 月 23 日夜抵达天津，次日入住张园，1929 年迁居静园，那么，绍英 1925 年的门证与静园有什么关系呢？自然是毫无关系。历史与现实在这里发生了错位，而北京与天津的复杂性便在这里，你中有我，我中有你，相互穿越，难分彼此，绍英的一张小小名片，其所负荷畴昔的霏霏烟云与今日静园里的樾樾翠荫，是无论如何难免使人不产生感喟的。

# 三峡书简

1987年11月至12月之间，我出差到武汉，再到宜昌，从宜昌乘江轮到奉节，之后返回宜昌，再回到武汉。为此我给妻子写了几封长信，向她报告旅途见闻，现在择要汇集在这里，既是对个人，也是对时代的记忆与怀念。英国有一句谚语："He that cannot beat the ass，bears the saddle"，大意是：马既然已经丢失，不能策马而行，那就打马鞍子过瘾，在梦境里寻觅旧日的光影。在英国，还有一句谚语："To carry coals to Newcastle"，讥讽往纽卡斯尔的运煤之人。纽卡斯尔是产煤的地方，向那里运煤岂不是多此一举？因此，我这篇文章对于看过三峡原貌的人，当然是没有任何价值而可以不看，但是对于"80"后一类新人，兴许还可以提供一些历史碎影，迅翁有诗："或遗春温上笔端"，我这里改一字"或'遗'春温上笔端"，如此而已。

## 一

虽然在武汉延宕甚久，却只玩了半天，就是前信说的黄鹤楼、晴川阁与峙立于龟山之顶的湖北电视塔。龟山道上林木丛薄，我注意到有一种树，叶片的形状仿佛是缩微的小提琴。苍暗的颜色缓缓沉坠，给我的印象颇深。不知为什么，这情景突然使我想起北京秋季的一种树。我不知道该叫什么，躯干挺直粗糙，树冠狭长，叶脉硕大，叶缘深刻缺裂。那种火红的颜色，满山满谷都是。这种红不是黄栌和枫树那样的萧瑟凄恻，晓来谁染霜林醉；也不是苹果或柿树那样红得凌乱红得散漫，而是红得深红得厚红得沉，红得爽朗，红得繁茂。不是女儿红胭脂色，而是丈夫红英雄气概，充沛着一种浓郁的阳刚之气。湖北有没有这样的树？

湖北姑娘身材高挑白皙，有一股优雅动人的劲头，相形之下，湖北的男子则差。记得同你说过，保定的男人，从小孩到五六十岁老者，细长型的身材相当普遍，犹如一柄出鞘的利剑，坚韧而挺拔。女子则矮粗如瓿。水土无殊，何以如此悬异？

## 二

昨晚写一信，准备今晨发出，却无邮票可寄。由于早七时赶赴宜昌，到那里已是下午四时三十分，急于购买去奉节的船票，又不知邮局在天涯何处，终于寄不出。我在江汉124

毛成骅 绘

号船上给你写信时，昨晚的信还放在包里，但愿在奉节能够把两信同时邮出，却又担心不要寄丢了。

从武汉到宜昌，大致要途经汉阳、沔阳、潜江、江陵、枝江。沔阳与仙桃市重叠，我揣测可能是市管县。从武汉，精确说是汉口到宜昌，沿途皆丘陵，公路两侧列立杨树、水杉与梧桐。最多是杨树。还有一种不相识的树，树不高而丛生着密而厚的墨绿色的带有角质感的叶片。已是初冬，大部分木叶脱落了，只有这种树丝毫没有衰老的迹象。真想知道它的名字，可是问谁呢？这种树在车窗上闪现了多久，这种念头也就浮沉了多久。现在也还在猜想。湖北的冬天相当于北京的秋天，沿途的梧桐，高高低低，在距汉阳不远的地方，叶片都已枯萎，凝缩如拳团聚在灰褐色的树梢上。而靠近江陵一带的则明朗润泽，虽然已经失去了夏日的光彩，却黄得可爱。是那种贴近于红的黄，黄得热烈，黄得透彻，仿佛栖满了橙红的蝴蝶，真是美极了。而杨树，钻天杨几乎完全被剥光了浓绿的衣衫。另一种，北京常见的白杨，疏疏朗朗还挂着不少叶子。黄与绿间糅的颜色，给人一种说不清的审美快感。更多的是丛集在公路下面田野中的杨树条子，还不能说是树，还没有长成材。一痕主茎，胡乱伸出弯曲的枝丫，枝尖上悬挂着半黄半绿的叶片，宛如随便装束的女孩子，潇潇洒洒，有一种自然的姿质，也就是中国传统画论称道的那种乱服粗头之美罢。无意中，在接近宜昌的地方，我见到一种似乎更成熟些的杨树条子，叶片虽然转黄却几乎未落，极其硕大的叶子，宁静而安详地悬垂于白色的树枝。尤其是顶尖上的叶片往往两枚并列，刹那间给我一种两条大鱼颉颃浮沉的感觉。我想起了咱们家里的大红鱼，悠悠然翕动嘴唇，吞吐着暗银色的水波。我是非常喜欢杨树这个树种的，左观右赏百看不厌。从枝江到宜昌有一段公路，两侧生满了高大的白杨，鹅黄与淡翠交映点缀，那么谐和、那么美。虽然只是简单的两种色彩，却是那样的丰富、那样的深沉、多彩而又那样的壮丽，仿佛在最终告别母亲的时候还要唱一首天鹅之歌。这样的景色，平常很难见到，也许并非难以见到，只是无暇领略罢了。湖北这个地方，气候要温暖许多，虽是冬天，偶尔在田地里也还可以瞥见残留的芦苇，穗颗又粗又长，叶条很肥很重，给我一种蛮荒旺盛之感。但与湖南相比，这里的气温又偏低了。在长沙，水杉的树皮是暗绿的——裹了一层纤薄的苔藓。有时候，你常常可以见到老屋瓦陇之间厚腻的青苔，几乎把低陷的陇沟填平了。那儿的苔藓是立体的，而且似乎生满了刺状的纤维！湖北呢，水杉的树皮则依然保持着暗褐的本色。

如果我只给你唠叨些湖北冬天的树木，我自己也觉得未免枯燥单调。虽然是乘车，也还是能够接触到一些风土人情。车过汉阳县境时，路过一个叫奓山的地方——我估计村后的小山即是。奓山不高，浑圆而葱笼，很秀气也很朗润。如果请教风水先生，奓山，应该是附近村落的镇山。但是，这种清朗的气象，不要好久，就被破坏了。山包被炸药轰开了很大的一片缺口，裸露出暗灰色的岩石，与绿色的耸直的树木形成了强烈对比。我突然想起陈从周对南京开采幕府山的告诫，如此这般，用不了十数年，奓山就会永远从地球上消泯。人类五千年，百年来第一次拥有了足可以摧毁我们曾经匍匐其下的自然的手段。生态环境，对于急待解决温饱的人们似乎还是一个遥远的神话。这个忧虑在侏儒山得到了印证。侏儒山也是个村落，车还没有驰进那里，就可以瞥见人家屋瓦后面不时闪露出灰或白色的怪石，犹如瘦骨嶙峋的太湖石。驰近以后，看清了原来是被开采的山包。那样的惨痛，仿佛山在死去以后遗留的骨骼。用不了多久，这些残乱的山的遗骨，也会被黑色的牙齿狞厉地咬断、啮碎。在侏儒山，不时闪过耸立着银色尖顶的铁灰色的类似坟丘的小圆包。有的尖顶还袅袅地冒着温热的气缕，有的圆包已然剖开，裸袒出银亮的石块，这是石灰窑。那些白石头，就是侏儒山的儿女，在铁青的世界里饱受炼狱之火。

中午，长途车抛在毛咀镇休息。毛咀镇属汉阳县，是个大镇。乱、吵、闹。汽车交叉行驶，旅人与商贩讨价还价，几只白且脏的大猪，慢悠悠地扭过公路。毛咀镇大概出鸡，沿公路两侧摊开的货摊，除了时下流行的柑橘、香蕉、苹果，最多的是黄油油的卤鸡。卖活鸡的也不少。在一家饭馆门口，五六个妇女倒提着黑或黄色的草鸡围着一个中年男人，你争我夺，最后谁也没有卖出去。毛咀镇有一条小街，相当于北京的大栅栏或苏州的观前街，主要卖百货与服装。卖服装的摊位挂满花花绿绿的衣服，远远望去好像是色彩缤纷的乡村舞台。突然看到一个卖耗子药的，地摊上堆满了脑满肠肥的灰鼠，鬼晓得他从哪儿弄来的。对面是一家供销社，冷得白日见鬼。同外面热闹的天地相比，女售货员好像要成仙，呆愣愣地又仿佛被卖耗子药的施了什么法。

这是车厢外面的社会。里面也很有些意思。我们坐在司机背后的第一排，启动时，有人自言自语："这就开车了？""您有什么事，我帮助您。"印象颇好。但是这个好印象很快就破灭了。此公沿途不断停车，直到加座全满。首先上来的是一位穿浅黄色西装的年轻人，坐在司机右侧。小伙子脱掉鞋蹲在椅子上，活脱一只猴子。受到司机喝斥方规矩坐好。之后是一位中山装，不是皮包骨而是骨包皮，脸颊的线条可以削苹果、梨或丛生着绿羽毛一样叶子的菠萝。他抽烟的姿态映在倒车镜里怪模怪样，但眼睛却很敏锐。在毛咀镇，司机拎着半桶鸡蛋放进驾驶舱，我瞥一眼说："不知多少钱一斤？""别人送的。"骨包皮说，真叫我不能不刮目相看。我粗略估算了一下，从汉口到宜昌，这司机至少可以捞一百元钱的外块，往返翻番，一个月以十五个车次计算，捞三千块钱，问题不大。听说，这司机前几年当夜就往回赶，每到开车之前，都要烧香。有人调侃他，你赚那么多钱，分一点给菩萨也是应该的呀！

信就写到这里吧。我们乘坐的江汉 124 号因为触礁，不能航行了，有些事情需要交涉。

## 三

我们依然困在船上，等待 106 号接应。从清晨五时到现在已停滞了五个多小时了。我们的锚泊地在 17 号航标处，地名三斗坪。虽然这里的礁石在修健葛洲坝时多已炸平，也依然凶险湍急。

我们是昨天下午四时半到达宜昌的。从枝江开始，公路几乎与江水平行，但由于山丘勾错纠连，立满了绿色的植物，却很难瞥见绿色的涛痕。枝江以后，开始见到竹林了，但沿线的树种主要的还是杨树，我在前信已然描述了，那真是火一样的颜色，诗一样的情调。在枝江县城，我也见到了另一种火一样的颜色，那是路过一家工厂的时候，估计是个化纤厂，红色的纤维逸出工厂，沾满了路旁的绿化树，红彤彤的，仿佛燃了一把大火。植物的叶子是有呼吸作用的，在这样的环境下，它们的呼吸系统应该完全窒息了吧。在江陵纪南区也有一家污染严重的工厂，灰臭的污水翻腾着白色的泡沫流出围墙，有人说是造纸厂，我看不像。在车过江陵的那一段公路，秩序异常混乱。卡车、客车、小车、手扶拖拉机，你拥我抢，组成一部庞杂的立体机械的交响曲。有时候，一部手扶拖拉机的拖斗里拥塞着十五名以上的农民，男女老幼，他们并不感到可怕，我不敢想象，在急驰之际，他们怎样保持平衡而不出事故。沿途的翻车也真够触目惊心，最多的是手扶，我至少见到三辆倾倒在公路下面的道沟里，有一辆切断了轴，仿佛金兵的铁浮图被岳少保的麻扎刀斫断了前足，突然仆倒于地。然而，同是翻车的悲剧，有时也浸渍了喜剧色彩。有一辆解放卡车倾斜在路边的树干上，是那种半倒不倒的姿态。我杞忧树后那被危及的人家，然而主人却麻木，并不抗议，也不惊慌，只是慢悠悠地卖他的油条。对面的一家木材厂也很滑稽，正门不走，偏在临街围墙上掏出一个七进八出的洞，在洞口做他的木材交易。看到这些，感情是复杂的，复杂中有时也流滚过一种庄严的战栗，那就是直面喧腾的车流，自然而然地升起了一种大地都在腾飞的印象。这种神圣的战栗一直保持到枝江县城。

县城的建筑十分整洁。新建的楼房，道路的状态也较为良好。树木多而干净，看不到虫害——北京秋夏之际的国槐有时绿蚁成堆，商店的货物也颇丰沛。有一种奇怪现象，从汉阳到枝江，农业银行与储蓄所的数量之多，在北部中国是极罕见的，这一现象是经济发达的自然结果，还是一种扭曲变态，没有研究，怎能有发言权呢？这是南与北的不同。但也有共同的地方。中国的县城，不论南北往往大同小异，所谓大城和大城一个样，小镇与小镇如出一辙。

可惜，这些观感以及踏上江轮时的兴奋心情早已消失，替代它们的是黄浊的江水与焦灼的心绪了。我们是凌晨五时十分触礁的，距我们上船，已然相隔九小时十分钟了。而在昨天，我们还沉浸在快乐之中。七时整，124号庄重地长鸣，驶离码头，驶向葛洲坝。在二号船闸，我们至少耽搁了四十分钟，原因是等候结组编队。靠我们左舷的是川鄂客轮，两船之间的空隙里，先是一只货船挂在川鄂船上，后又来了一只机动小船，老大把缆绳抛系在我们船头的缆柱上。为什么小船要依托大船，事后我才明白。因为等待，我长久地端详二闸的形状与规模。二闸有两道铁闸，头一道（自我们进闸的方向说）早已打开，船只集结之后，便悄然合拢了。后一道耸峙在巨大的水泥基座上，形成两条相对的曲线。基座仿佛一个正写的人字，闸门宛若一个背向我们的巨人，用其宽阔坚实的胸膛阻挡住江水的激流，只是在基座中间流淌着一道暗白色的细流。我猜想这是从闸门间隙挤压进来的大江之水。闸门是钢制的，粗浑的横肋一根一根雄踞在钢门之上，壮观极了。闸门的顶端横跨过一座有栏杆的铁桥，如同一座放大百倍的龙门吊车，我们的船则引颈鹄候那只魔爪般的钢钩。这当然只是我一时的幻觉。

突然，我感到威压头顶的闸门贴近我们了。放水了。待江水淹没了巨大的水泥基座以后，铁桥徐徐绽开，桥上的行人奔跑起来。在铁桥已然断开相当间隙的时候，一位年轻的男人，把自行车紧推一下，很明显地使人感到他的自行车是“激”了过去。在我们的船舷与水闸两侧的水泥峭壁相齐的时候，闸门完全洞开。

船过葛洲坝，速度依然缓慢。我站在甲板上，极力辨认大江的夜色，但只能隐约感触到朦胧的山影与乌黑的云朵迅疾翻滚。甲板柔柔战栗，船尾喷吐浑浊的浪花。原先与我们并肩等待过闸的两只小船，高鸣而昂奋地驶过。我们的船为什么如此谨慎？而曾经同我们等候在二闸的大船为什么一只也没有上来呢？忽然间，从上游驶来一条江轮，灯火通明，乐声飘洒，仿佛童话里的一只宝船，一眨眼便飞掠过去了。在我的视野里，只能看见我们的甲板，我们的船舷，我们的栏杆。船舷以外的世界不属于我们，只属于暗黄汹涌的江流与灰白翻滚的江雾。

## 四

又写三信，由于舟船阻塞，延至武汉机场方寄出。为了寄信我在机场大厅逡巡良久，后来找到了一只弯角形，与柜台连接在一起的木制信箱。担心这里只寄航空信，又害怕早已废弃。于是到问讯处，得到明确的答复，才小心翼翼投进。然而依旧惴惴，说不清的不安，生怕不开箱，或是寄失了。

现在我们已抵达南京，住在军分区招待所。他们外出，我在这里继续给你叙述三峡的遭遇。

大约是在二十六日凌晨五时，我突然被巨大的震动惊醒，随即感到甲板剧烈地呤呻，一阵一阵仿佛在一种坚硬的固体上划过，之后腾起轰轰隆隆的巨响。在被震醒的刹那，我慌忙跃起想去扭亮台灯，台灯却已经滚落在甲板上了。会是抛锚吗？我推开舱门，白雾横江，闪现出朦胧而苍黑的山痕。其他舱里的人也都被震惊，有人询问，却无人解释，我想，兴许是由于雾大而被迫停驶，掉头又安心睡觉了。

六时整，听说，我们的船触礁了。原因是看错了灯。二十七日夜过巴东以后，有了一点航行经验，我才理解那错看的涵义。在三峡两侧，间断竖立着航标灯——乌黑的近于长方形的灯室置于三角形状的白漆灯架上。航标灯一般是等距离设置，大多设置于岸，也有设于江心的礁石上。灯光有两种颜色，一岸是红灯，一岸是绿灯。一般说，在平直的航道上，绿与红的灯光平行闪烁，是很容易辨认的。但大江多曲，山峡左右迂回，往往有成九十度死角者。这样，两岸的航标灯有时便联成一线，江雾浓重的情况下，灯光的颜色模糊难辨，免不了产生错觉，领航员要格外经心。

我这人很痴钝，往往在出事时并不感到可怕，有一大半因素是懵懂与联想力不够，我是不属于扩散型思维的人。事后呢？反正事情已过，忧思与惊恐也就不再袭扰，总之是个糊涂人。

吃过早饭我们在第二层甲板上找到船长，告诉他，我们已经购买了二十九日去上海的机票，担心由于事故而误了行程，且害怕船票作废。他答应让客运主任出示证明，补偿船票的差价，至于机票问题则回避不答。在交谈的过程中，他始终在舷墙内侧的水池里清洗衣服，两只手慢慢地搓洗着，一刻也没有停止这个动作。

八时整，事故的消息像火焰一样在甲板上蔓延开来。但质问、吵闹的并不多，人们只是静悄悄地议论。将近十时，一个细长身材三十来岁的男子进到我们舱里，自我介绍叫杨治中，是船上的大副。他告诉我们，江渝106号很快即来，又说已向对方政委拍电，请他至少把我们安置在会议室里，且说106可能比124船票贵一些。

江渝106与江汉124号分属重庆与武汉长江航运公司，因此我们只能重新购买船票。几番交涉，两张船票按差价处理。另一张因为没有舱位了，退不掉，又说沿途的售票处皆可退。带到奉节又带回宜昌，以至在宜昌码头闹了一场风波，只有自认晦气。

与124号相比，106号，长、高、宽。有五等舱位。因为层次多，客运室不知藏匿在哪个角落里。对于初登此船的我们，简直是如入迷宫。厕所也不干净，清洗的时候，污水哗哗地倾泻到甲板上。相形之下，124虽小，却相对干净。在124号，与我们接触最多的是杨治中，他是长江旅游报的通讯员，新近加入了摄影家协会。给我的印象很诚恳。与他相比，124的船长则沉着、坚毅，或者也有些油，黧黑略黄的皮肤，是个久经风浪的老手。客运主任给人的感觉是永远在梦乡。江轮触礁以后，最糟心的是他，倒霉的乘客首先要找客运主任，一切怒火都喷泻在他的头上，而最麻烦是开具船票差价的证明。给我们写的大意是“由于航务事故”，后来给其他人则改写为“由于雾大”。杨治中说，这还不能叫雾，只能叫障，不是云贵一带的瘴气，障是阻碍的意思，因为障而能见度低，必须下雨才会消散。在106号，我们首先接触的是政委，高而黑瘦的中年男子，颇客气。有一次，我去休息室找他，他坐在椅子上吃饭，从敞开的舱门里，凝视江面，一瞬间给我的印象又是充塞着忧思与深沉的水手了。但是，给我触动最深的还是这条船上的领航员。由于光线不足，只能依稀看到他似乎穿着棉衣的剪影。他半依在甲板上方领航台的前栏上，轻呼着“左位”“右位”。声音不高也不洪亮，很柔和，好像在和轮机手聊家常。船就在这闲话似的口令之下，在险滩四布的大江之中迅急而又不失平隐地前进。我注意到，他始终在吸烟，朱红色的光环在他的嘴角不间断地闪烁。不知为什么，我突然涌起了关于舵手在中国政治生活中的种种神话与联想。

106号的船员很看不起124号，认为这次事故与瘴气无关，因为124号的领航员在值班时打瞌睡了，以致右面的螺旋推进器被礁石撞坏。这真是一场灾难。我曾问杨治中我们锚泊地的深度，“两节半——6.25米”，他说。

## 五

二十七日，凌晨二时十四分，抵达奉节。为了购买回程船票，上岸以后，我们便向闪烁着红灯的售票处急速狂走。

奉节是个大港，虽然江渝106的终点是重庆，但却至少有一半乘客黄豆似地倾泻到这里。还在距离奉节很远的地方，在106号的右舷上，我看到了一种奇异的景象。浓黑的夜色里，闪烁着黄或红或红蓝相间的浑圆的光环，在充满云与雾的江波与夜空沉浮。陆务观《入蜀记》有这样的述载：

> 江中见物，有双角，远望正如小犊，出没水中有声。晚泊橹脐洑，隔江大山中，有火两点若灯，开阖久之，问舟人，皆不能知。或云蛟龙之目，或云灵芝丹药光气，不可得而详也。

范成大《吴船录》：

> 夜，道士就殿前作步虚仪，方升坛，有火炬出殿后岩上，色洞赤，周旋山顶，有顷变灭。……夜有灯出四山，以千百数，谓之圣灯。

我们难道也见到了这样的蛟龙之目或千以百数的圣灯？可惜，这样的悬想，过不了许久就幻灭了。原来，这些神秘的光环，并不是来自奇异的神秘世界，而是来自人间的灯火，来自布满江岸的五颜六色卖橘子的小棚子。这些亮晶晶的小棚子，由于夜幕与距离的关系，不仅远眺神秘，略为走近又像是童话世界里的小房子了。

还是在码头，我们就遇到了不少旅馆服务员，东拉西扯。

我们无心住店，只关心船票，什么样的招呼也不理。但售票处却找来找去找不到，只好同他们搭讪，重心是问路，但他们的重心却是拉客住店。“先住下，我们代办船票。”一个梳着两条辫子的妇女，几乎拉住我们的手腕：“大哥，保你睡，保你睡。”问她哪里卖船票却支支吾吾，很远了，走到一处有台阶的地方，依然纠缠不清。又走几步，霍然看到一座石筑的城门，正犹豫是否穿过去，蓦地有人叫道：“这不是嘛！”原来售票处就立在左侧的高台上。这时候，那个妇女又凑上来，“住我们这儿吧！我们代卖船票。”我扫一眼还没有营业的售票处和等候买票的蜷缩的人群：“有今天的票吗？”“没有。”“我们不住店，只买票，只要有票，住店的钱也给你！”我几乎怒吼地喊。那女人怯怯地闪开了。这是个粗短的妇女，虽然光线昏暗，依然使人感到她的衣服并不整洁。她招呼我们住宿的地方就在售票处的下首，黑郁郁的灯光仿佛滚了一脸的油与土。我不知道这妇女是不是老板，倘若是雇工，拉不着旅客，免不了要受老板的叱骂。想到这儿，不禁有些歉然。相形之下，这儿的买卖人还较为实在，并没有预先许诺你什么好处。据说，河南的神女拉客时告诉你可以报销——备有长途短途各种颜色的电车汽车票。有的狎客更拆烂污：“有回扣吗？有提成吗？”尝尝野鸡的味道还要提成？免不了神女的愤然情绪：“我们正经做生意，不搞这一套。”不过可以报销的车票还是让你过目的。

如此搞活？

我们却一时无措，如同挨了几棍的呆鹅，举着黄色的喙兀立在售票处的平台上发愣，漠漠然端详四周环境。端详那座石城。这城是用一种长方形的暗青色的石块砌筑的，在拱门的上额，勒石：对仪门。拱门里面是一道石阶，覆盖着黑压压的屋瓦。石城的外面簇拥着数座两屋小楼，贴满各种颜色的广告与招贴画。我极力想在石城上寻觅雉堞一类的女墙，却怎么也没有找到。

我们只有返回码头。码头工告诉我们另一码头有船，从重庆顺水而来的，六时启航到宜昌。我们欣喜若狂，急急忙忙购好船票，又去岸上买橘子。并不如想象的便宜，当然比北京便宜，但味道极酸，所谓便宜无好货也。

六时整，我们乘坐的114号起航了。天空又飞扬雨花。在这之前，有短暂的片刻，天空曾经放晴，星大而有蓝色的芒角，悬垂于无涯的乌黑的四野。在大江之上仰观俯察，我在心底不禁吟哦“星垂平野阔，月涌大江流”那样的雄奇之句。也不禁想起了你，想起了李商隐：“昨夜星辰昨夜风，画楼西畔桂堂东。身无彩凤双飞翼，心有灵犀一点通”那样的诗句。好像是西洋人赞颂莎士比亚是说不尽的莎士比亚，其实任何好的文艺作品，都是说不尽道不清的。说不尽的莎士比亚，说不尽的曹雪芹，说不尽的《阿Q正传》，说不尽的李商隐。

风渐次刚烈起来。江流高涌，颜色泼墨。我们虽然端踞船首，依然感到船尾的震荡。我感到船速不慢，一忽儿奉节的灯光便被丢进大江的浪窝里了。奉节是瞿塘峡的西端入口，旧有滟滪堆虎踞江心，是长江航道中最凶险的段落。唐人李肇《国史补》引证民谚：“滟滪大如马，瞿塘不可下；滟滪大如牛，瞿塘不可留；滟滪大如幞，瞿塘不可触。”也有写作

“滟滪大如象，瞿塘不可上。”滟滪的形状变化反映了江水的盈缩。瞿塘又称夔峡，从奉节至巴东的黛溪，虽然全长只有八公里，却峰回江萦，为长江三峡之首，具有“西控巴渝收万壑，东连荆楚压群山”的磅礴气势。瞿塘峡还有诸如白帝城这样的古迹可以观览，可惜是夜航，这些人文的痕迹与地理的景观不能收摄于视野之内，也就不复有登临之感。我只感到风，感到雨的触击，江水滔天，滔滔不绝地浸洗着我们的灵魂。

七时半，我们在巫山停泊。即此便开始巫峡的航程了。巫峡全长一百一十五公里，以神女峰而著名于世。在神女峰的那一段峡谷，石壁夹江而立，山石皆作铁青的颜色。雨更猛，水势也益发凶险了。这真是激越人心的时刻。在江的一岸，数座山峰，凌云直上，孤峭而峻拔，飞鸟也难以栖落的，有一座尤为秀丽奇绝，人们指点那就是神女峰。是不是呢?也许是，我相信，就是。那真是造化卓异的神来之笔。这几座山峰，并无一株高大乔木，只是在山石的裂隙之处，蔓延迁衍着翠色的藤类植物，毕竟是初冬了，叶子有些皱，有些枯萎，颜色有些暗，是那种被风露沾洒过的颜色，那种青郁的色彩与铁灰似的山石相配，真是恰到好处。山的裂隙极其纤细，极其碎密，秀丽的色迹宛如绿色的锦绦，蒙络错绣，美极了。我也注意到了雨，雨的态势并不很壮观，然而却急却密却冷。雨在峰顶之处宛如笔直的白色的帛带，一行一行异常分明地横推过来。折到山腰便又与山成直角泼洒而落，浓密得有如箭镞的集团。在山麓与接近山腰的地方丛集着类似冬青的灌木，圆形的树冠仿佛滚了一层绿漆的刺猬，猛地被一声号令惊呆了，动也不敢动。俯视着雷霆怒吼的江水，那浊涨的、不平的怒涛，汹涌着，澎湃着，向前，向前，真有那种淘洗天地万世的不凡气概。我突然产生了一种幻想，如果大江之水不是黄浑奋勇而是漓江一样的莹泽温婉，又该给我一种什么样的印象呢？也许会把我带进童话的境界，我应该喜欢哪一种长江呢？我还是喜欢这现实的长江，这充满了阳刚之气的粗犷雄浑的长江。

十一时三十五分，船抵秭归。民间传说，秭归与屈原有关。相传屈原投江以后他的姐姐梦见他乘舟归来，第二天去江边等候。见到一条背鳍宛如红帆的大鱼，游到一个沱湾里，点了三下头，吐出屈原的尸体，这个沱以后便取名屈原沱。这当然于史无据。范成大《吴船录》说：秭归之名，俗传以屈平被放，其姊先归，故以名。“殆若戏论，好事者或书此姊归。”这当然是传说，但恰恰说明忠臣烈士的影响该有多深！

秭归的物产看来较为丰富，货运码头上堆积着煤、木材与装在尼龙袋里的柑橘。秭归人运煤当然离不开船，但从岸到船还要依赖力工的肩膀。力工的垫肩连头都套起来，驮着竹篓，从驳岸崩塌的地方，吃力地走下来倾入张开大口的煤仓。秭归这个地方大概蕴藏了不少矿产，在它的下游，我看见一座被炸药剖开的浑圆的山顶裸露出紫色、黄色与石膏一样的色彩。这些矿产自然要开采，但是在长江航道两侧如此狂轰滥炸，又会造成什么样的后果呢？不能不令每个稍具良知的中国人所担忧。由于农田的开垦，长江三峡已然见不到郁闭萧森的林木了。《宜都记》与《水经注》里记述的“林木萧森，离离蔚蔚”，“绝巘多生怪柏”，早已化为只能在向往中再现的中国文人的历史之梦。“巴东三峡巫峡长，猿鸣三声泪沾裳”，不复闻也久矣。开山的雷鸣快要震碎游客的耳鼓了。这无疑只能归结为贫穷与愚昧。因为穷而川人纷纷出川，一到宜昌，那些外流的农民便各奔东西自寻出路。我曾在106、114、124号的甲板上、甬道里见过不少，裹着乌黑的棉衣蹲在那里，你同他说话他不理，就是用脚踹他，也不动，好像动一动就丢失了他赖以生存的土地。从宜昌下船的时候，我们搅进了这样纷杂的队伍，都是十七八岁的小男孩，还有更小的，士兵似的排成一队。黑、瘦、小，我们因为急于出去，竭力想穿过他们的行列，却总是碰到一堵柔软的墙。我开始以为他们不过是手拉手，后来才看清他们不仅前后拉住衣襟，而且羊肉串似的用一根青竹连绾在一起。他们并不喧哗，只是静默地挪动脚步，生怕脱离了队伍而被外界的潮流吞噬。像刚刚出窝的小鸟那样，睁圆惊恐的眼睛，谛视这陌生、喧腾而又充满危机的世界。川人多矮，我想至少有由于地理环境而造成近亲婚配的因素。散落在崇山峻岭里的一家一户，你叫他如何注重优生优育呢？“白云深处有人家”，作为诗的意境确是优美得很，然而现实毕竟严酷。秭归这个地方，历史上并不丰饶，读《入蜀记》：州仓岁收，秋夏二季的麦粟粳米，“共五千余石，仅比吴中一下户耳。”一州两季的仓储，只相当于江南之地的一个下等富户，其穷也就可见。但是，何以涌出了屈原、宋玉、王昭君这样杰出而光辉的人物，现在又何以如此寂然了呢？关于宋玉，《吴船录》与《入蜀记》都有关于他的故宅的记述：“宋玉宅，在秭归县之东，今为酒家，旧有石刻宋玉宅三字，近以郡人避太守家讳，去之，或遂由此失传，可惜也。”在一个官本位的封建社会，屈原算得了什么？宋玉算得了什么？一块郡守的什么墓园的祖碑就足以把他们压倒了。悲哉，生之为封建专制下的中国之文人也。而王昭君的命运却又好得多，虽然孔夫子概叹“唯女子与小人难养”，但还是占了漂亮的女性的便宜，且不论其他，只一条香溪，（因王昭君的项链落入溪水而流溢香味）就足可以使她欣慰而不朽。听说，香溪橙的味道非常好吃，黄黄的鹅卵形状，去年不过五六角钱一斤，今年不知怎样？

一时四十分，我们进入西陵峡。与巫峡不同，这里山体的颜色是黄与黑的糅杂。黄，是山岩的本质，黑，是风雨的浸蚀。这两种颜色在山峦与崖壁上大面积地间隔流布，山岩也层次堆叠。与巫峡的卓立秀异相比，呈现出另一种诱人的风彩，在西陵峡，最有地质价值的是黄陵庙那一段峡谷。远在亿万年前，这里是古华夏大陆。由于造山运动，深含在地层内部的岩石凸露出来，从而形成了与附近山体不同的风貌。我观察了一下，遮覆着绿色的山包与耸立其后的黄色山崖，确是不同的地质，俨然两种不同风格的镜头剪辑在一起。尤其叫人惊叹的是黄陵庙背后的那一组山脊，巍峨横亘，相互连接而又略有缺隙，耸然于云天之外，真使人疑心上帝在这里摆弄过黄色的多米诺骨牌。在大江的对面，另外一块同样颜色的崖壁，在漏过云隙的阳光的倾斜照射下，光焰奔腾灿烂，有如黄金之城，壮观映丽极了。

## 六

下午四时，我们的船驶近葛洲坝。葛洲坝与西坝都是长江淤积的沙洲，西坝不知比葛洲坝大多少倍，但却不以它反以它的小兄弟命名了大流截流工程。这两片沙洲把长江裁为三截；葛洲坝以左通称二江，西坝以右通称三江，两坝之间的水面最为宽阔，泛称大江。由于大江工程尚未完工，在葛洲坝与江岸之间堆积着石堤，至少有十条以上的工作船停泊在这里，其间的水面平稳得像是一派恬静的湖泊。葛洲坝，据我看，没有太多的特色，给我印象深刻的还是西坝。宜昌市规划设计处编制的地图将西坝靠近二闸的地方又标为黄草坝，这片沙洲逆水之处尖而狭长，顶尖的地方傲立着银灰色的高压线塔。其后，是一株较为高大显然是人工移植而来的雪松。围绕雪松的是一小圈低矮的墨绿色的黄杨树篱。再后，林立着一小片纤细的杨树林。半黄半绿的叶片，给人一种说不清的特殊情调。树林后面隆起一座细长的土丘，黄草萧萧，静穆地躺卧着一只银白的油罐。草丘后面散堆着乱七八糟布满了鱼血一样颜色的零件，真是莫名其妙而叫人升起一种复杂的感情。

四时二十五分，我们驶进二号船闸。乘客纷纷涌向甲板，我突然注意到水手把缆绳套进一只圆形的铁柱上。不久我就明白了，那不是铁柱，而是抽水唧筒。水手借住它是为了锚泊船只——小船搭住大船的道理也是如此，而随水位升降，聪明得很。四时三十分，水位开始降落，我们都挤到船首翘望铁闸的开启。四时四十分，闸门微启。五分钟以后，闸门全部洞开，展露出蔚蓝的山影与恢宏的城市。这时，我忽然涌出一种说来有些可笑的想法，想起了《一千零一夜》中阿里巴巴的那句：“芝麻开门”的口诀。当然，涌出这句口诀的时候，脑海里并没有浮现四十大盗的面影。那时的思想是神秘而又激动的。你想想，一座巍峨的“山峰”突然在你眼前像城堡的大门那样静悄悄分开，该是一种怎样的震撼与壮观的景象啊！

四时十七分，我们的船驶过三江大桥，五时二十五分抵达宜昌，至此，我们长江三峡的航行算是结束了。

而那张应该补偿票价的二等舱票到了宜昌以后凿凿实实地闹了一场风波。在应该结束的时候，我还要啰唆几句关于西坝的点滴印象。在二号船闸以后，西坝逐渐加宽，至少建筑了十排五层以上的楼房，涂满了豆青与金黄的颜色，这也许是葛洲坝工作人员的宿舍小区。西坝的尾部，高耸着一座方形的灯塔，顶部是巨大的玻璃仓，指示航行的灯光就是从这里发射出去的。这个地方，地图上标明叫庙咀。西坝，从头至尾裹着铁甲似的水泥护坡，印渍着一条暗红的横向的带状痕迹，其上暗灰，其下浅白，我估计这是江水浸润的标线。至少有四条污水沟哗哗地淌出白得发绿的脏水，长江就这样被积少成多地污染了。

# 蜈蚣脚上的札记

这是我二十六年前去东北时写过的一组札记，因为是札记故而零散无序，随手写来裒辑于此，算是对往事的一点怀念。

美国诗人弗罗斯特写过一篇《雪夜林边小驻》的诗，大概是这个题目，手中无书难以核实。但是内容还记得，在大雪纷飞的日子，诗人路过一片树林，想到林中有自己的朋友，但最终没有去，因为还有许多事情，还要赶许多路才能安睡。弗罗斯特是一个天生的云游者，而人生也不过是一段或长或短的云游吧。

余光中在听过弗罗斯特朗诵《雪夜林边小驻》以后，“忽然悟出其中一种死亡的象征，而顿时感到鼻酸。希望他在安睡以前还有几百里，甚至于几千里的长途可以奔驰。”这些话，与我这些札记有什么关系吗？有或者没有，有与没有，都无关系，屈原老夫子说，维北有斗，不可以挹酒浆，我在这里只是借题发挥而已。

# 一

镜泊湖也不过如此，并不十分阔大的水面，同北京的密云水库似乎也没有什么两样。都说镜泊湖的水清，我却没有这样的感觉。镜泊湖现在是旅游胜地，游人云织，即使清朗的水，现在也不会干净了吧。镜泊湖的动人之处，是吊水楼瀑布，这是个写实味很重的名字，还是依旧时土人叫发库的好。水从这里，高低流泻，水，似乎拉长了，飘柔了，真仿佛女人柔黑的发丝，不过没有青鸦鸦的颜色，而是越女一样凝脂的肌肤了。这样的形容，只适于水痕纤柔的时候，而当水势浩荡，白发三千丈，发库，又像是缩小的尼亚加拉瀑布。可惜，这些情景，我都没有见到，只见到一派玄色的石壁。大山内脏的淤积，环状的淤积。说发库是尼亚加拉的根据就在这里。

发库一带，触目皆黑。岸壁是黑的，河床是黑的，流向发库的河床，胡乱扭曲着灌木似的岳桦林的土地也是浊黑的颜色。在这样的环境待久了，会感到坐进了黑土的陶罐。我在乱石里照了一张相，洗印出来，朋友问，你在煤堆里干什么？他不认识玄武岩。这样的石头，在镜泊湖、宁安县，镜泊湖也在宁安县，多的是。地下森林，多的是。方圆几十里的墨色石原，当地人叫石头甸子。如果没有绿色的植物，在这样的地方，是会感到寂寞的，会奇怪，这石头怎么搞成了这种颜色。

牡丹江地区，多火山。牡丹江主峰，镜泊湖五十公里处的地下森林，都有过喷发记录。熔岩流经之处，都有这样的石头，曾经是燃烧的钢水一样的石头，流向远方，流向它们在冷凝以前所能延伸的地方。我仔细端详过这样一块石头，发现并不是纯黑，黑只是它的表层，它的内核呈一种棕黄的色泽。这黧黑的泪滴，它曾经是赤炽的，它冲决重厄的时候，敞开过怎样的歌喉呢？我所见的炭色不过是它烧结的痕迹。现在，它们都沉寂了。环形的石穴立满了绿的云杉，只剩下这些乌黑的石头，静默着、挤压着、沉思着，宛如一群玄衣的流浪汉。它们疲惫了，休息了，它们低语传递着什么，每片树叶都紧张得伸直了绿色的耳朵。这么一想，眼前这些漆黑的石头又恍惚化成了浓乌的火焰。它们还会冲天而起，还会呻吟和唱歌的。我虽然没有听见石头的歌唱，没有见到发库的瀑布，镜泊湖的动人之处还是领略了吧。

## 二

我在渤海镇，看到了两座渤海国时代的石雕。一座是释迦牟尼。还有一座，是八角的灯幢。都是用当地生产的玄武岩雕制的。玄武岩这种石头，淤黑多孔，仿佛工地上的泡沫砖。至少我见到的是这样的。用这样的石材雕刻佛祖，难以产生庄严宝相。渤海国的工匠是够大胆的，也许在他们心目中，释迦与香积橱里的和尚也没有什么不同，污头污面，本是应当的，捡到篮里就是菜。渤海是唐人的属国，这石像也体现了唐时的气度，开放、随便、盛世无忌。渤海是强盛的，是一个以靺鞨民族为主体的国家。渤海镇作为上京的故地，还是有不少遗迹可以凭吊的。内城外城宫城的颓垣，殿基与巨硕的石础，纵贯上京的朱雀大街，有八十八米之宽，上京的一切都规仿其时的长安。在内城的东南蜿蜒着绿色的低地，曾经是禁苑的池塘，在七到十世纪的时候，冠盖如云，那里会盛开宫娥一样美丽的荷花。渤海多江河、沮洳之地，暗绿的水泽与湖沼里，也会拥满芳霏的荷花吧。今天渤海镇以西的水田，是响水大米的产地，能够在石板上种大米的手指应该是强韧灵巧的，在荷花的呼吸里长大的民族，也应该是聪明的。应该是怎样一个强悍而聪颖的民族呢？这是一个把冰雪与荷花融合了的民族。当他们熬过漫漫冬夜，在荷花盛开的时节，该会是如醉如痴的吧。在这样的感觉与冥思里，我谛视着那石雕的灯幢。这真是艺术的杰作。博大粗浑，有一种北方民族的体魄。那灯室、那圆柱、那巨荷一样盛开的莲座，每一层花朵都元气淋漓，每一片花瓣都饱满得不能再饱满。这不是江南黄昏细雨里的小荷，这是北国的荷花。在这粗糙的黑石里，我感到血液温暖的潜流。我感到了手指的弹性，一个民族的悸动，一个理想，用冷铁与乌石雕镌的理想。当他们刻雕这温柔的花朵的时候，他们会思索什么，又谛听到了什么呢？也许听到了蛙鼓的短促而急切，发出金属一样的颤音。而他们脚下吸收了过多阳光的泥土也躁动不安起来，释放出海浪似的梦境与桔梗花的呼吸。水沼里，夜雾柔缓舒展，荷花的颜色黑了，流动了，注进了他们手中的利铁与利铁一样色泽的石头。他们也突然不安了，汹涌出甜蜜得有些伤感的泪水，一种紧紧拥抱生活的欲望，一种对生活无限热恋的情感。谁又能说，靺鞨人作为一个民族十二世纪以后就从中国的历史上消失了呢？他们的血液汇进了黄河上下北方民族的肌体里面去了吧。我感到脚下青草的战栗，一个民族的呼唤。生与死构成了历史，在历史的冥思里，生命从指间淌流出来。

## 三

去过黑龙江的人，大概都会有这种印象，凡是苏联红军皮靴踏过的地方，总会有一块他们的纪念碑。哈尔滨有，牡丹江有，边境小城绥芬河也有。绥芬河的苏军烈士纪念碑，矗立在火车站对面的斜坡上，下车的人，不少从这里经过。这里的纪念碑与其他地方的也没有什么两样，细长的方尖碑，围着石栏，碑顶上立着一只红色的五角星。有树、绿篱，也布置了花坛。黑龙江的绿篱，以我所见过的而言，与北京不同，北京用做绿篱的树种，往往是侧柏、松，或者黄杨，这里则不是，采取一种幼苗状态的榆树，插秧似的挤在一起。倒也别有情调。绿篱管理得有些荒芜，生出了许多杂色的花草。老金梅吐出万寿菊一样黄褐的花朵，很耐看的一种颜色。灰灰菜蓊郁蓬勃，夹杂着青蒿黄蒿光明草和不知名字的草。我总疑心手绢花是蜀葵的一种，花朵大却贫，无论什么色泽的花朵都有一种“粉”的感觉。在绥芬河车站的花坛里盛开着许多艳丽的罂粟，国境线也有，这里却一株也没有见到。在这个地方盘桓，总有一种异国的情思，三十个苏联红军战士的鲜血抛洒在这片陌生的中国的泥土里了。没有人知道他们的姓名，在纪念碑的躯体上也没有关于他们的任何文字说明，只是在碑基上镌刻着短暂的题辞：

把我们从日本军国主义欺压下解放出来的苏联红军万岁

题辞有俄汉两种文字。类似的题辞，我在牡丹江市虹云桥头也见过。那是一座黑色的苏军纪念碑。从碑顶的五角星，到基座与石阶，都涂了一种发青的墨色，为什么要涂成这样的颜色，问当地文联的同志，他摇摇头。夏日黄昏，虹云桥上，有时蹲着一长溜小贩，摊开各种颜色的野果。有一种野果，那形状与色彩，总使江南人想起通红的樱桃。叫马林，也叫高丽果。还有一种乌黑色泽的，就是契诃夫笔下的醋栗了。与绥芬河相比，这里的环境热闹多了。纪念碑题辞的材料也不一样。绥芬河是一块玄色的方框，这里则是发乌的铜匾。不过题辞的文字大体一样，只是把“欺压”写作“铁蹄”，这是译语的区别。苏联红军后面的“万岁”，却没有变化。我知道俄语里没有万岁这个语汇，这是“乌拉”的对译，“乌拉”是斯拉夫民族进攻或者欢呼时的一种呐喊。把这个字眼用在红军战士的身上并不十分妥切，当然是被解放了的人民的某种祝愿。但是，当战争不是以公里，而是以公尺，不是以城市和村庄，而是以每一座茅棚，每一座地下室计算的时候，哪一个士兵会想到万岁和不朽？在牡丹江市还有一座苏军烈士纪念碑，位于火车站的对面，地下商场的出口，围绕了铁栏与草坪。纪念碑很小，渺小得像是家人的墓碑。没有说明，没有铭文，没有装饰，甚至也没有题辞。两个苏联红军的鲜血滋养了这坪绿草。他们的遗骨是否还在这里？他们在牺牲的瞬间想到了什么？战争是什么？有人说是绞肉机。正义的战争其实是沸腾的熔炉。投进的是铁，炼出的是钢。对希特勒那样武装到牙齿的匪徒，只有冷酷得近于钢铁的人才能制服。每一次战争结束以后，载入史册的士兵都是沧海一粟，但是，苏联红军，作为一个整体，在“二战”中涌现出来的英勇无畏的集体主义精神，却是一条不沉的地平线。也许，在这些战士的墓地，在纪念碑的四周，种植一些白桦，有翠绿的叶片和雪一样肌肤的树种，或更为适宜，更能安慰异国英雄的灵魂吧。

## 四

初到长白，在公路上盘旋，透过车窗，时时见到一种银色的树木，我惊喜地以为，又见到了绿化北京的主要树种——白杨了。后来知道了，不是。是另外一种树。是我们时常在小说里读过，在油画里欣赏过的白桦。与白杨相比，白桦的叶子尖些小些，白杨的躯干白得发青，白桦却像是少女脸颊上的粉泽，一种很娇媚的颜色。

五十年代，赫鲁晓夫访问中国，参观景山那株吊死崇祯的老槐，说应该给它颁发一吨重的勋章，因为它结束了一个朝代。随后，他又指点附近华丽而洁白的三针松说，看，多美丽的白桦树。他产生了错觉。也许，在那一瞬间，他想起了俄罗斯的白桦。俄国人，对白桦，大概有一种特殊的情感。读俄国小说，白桦树总是浸渍着梦幻的色彩。当然，这种树也不是俄国人独有的树种，我国的东北，也多得是，凡是高寒的山地，都可以看到它的踪影。这是漂亮的绿化的先锋树种。哪里有了它，哪里的山岗就生动就丰饶，哪里的森林就明媚活泼起来了。白桦，也确是不同寻常。无论什么人，什么时刻，只要见过一次它白净的身姿，都再也不会忘掉，比烙印的还要深刻。人们也许会惊叹，它蕴蓄了怎样的魔力，把自己塑雕得如此秀美，假如换个环境，又会怎样？我不禁想起桦树家族的另一个树种。在长白，国家滑雪训练基地，将近火山锥口的地方，我见到了另外一种树，开始也以为是白桦，不过是环境不同而有了另一种生长的形态，后来，知道了，叫岳桦，与白桦有血缘关系的岳桦，那片岳桦成林的地方就叫作岳桦林。岳桦这种树，与白桦树相比，扭曲、丛生、疏矮成林，仿佛是百年以上树桩的盆景。它的颜色也暗淡而少光泽，黄一些，是一种贴近茶白的色泽。白桦的树皮是可以脱落的，环状地脱落，完整的一圈褪下来如同一只白色的纸杯。岳桦就不同了，没有这样优雅，零乱剥落，像是干褐的苔藓。它的叶片也小而发黑，据说都是为了适应环境的需要。要知道，它们已然攀登到了海拔两千公尺的高地，在这里，一切树种都绝迹后退，只有这苍郁矮曲的岳桦，还在呼啦啦地燃烧，拼命地吐出暗绿的火焰，这是生态里的岳桦林啊。如果白桦迁徙到这样的环境，又会怎样？然而我又怀疑，这岳桦实质是白桦的一种异化，另一种生态里的白桦，虽然我没有掌握科学的验证。我到底应当喜欢这桦树家族的哪一个种类呢？也许，这种选择本身就带有强求的色彩，原本没有必要强分高下。尽管有人说，白桦是一种美学现象，岳桦是一种艺术形态，融进了生命的艺术形态，我还是难以表明我的态度的。

## 五

从通化到梅河口，火车跑得有些怪诞。驶离通化不远，夜色便黏稠了。火车突然拉响了汽笛。短促、频繁，叫人恐慌。中止了一会儿，又转为漫长的啸声，足有十分钟。有谁听过负伤的东北虎的长啸，郁怒凄厉，真可以把人的心灵像玻璃一样震破。这是生者对死者的哀悼与召唤。知情的人们抛出没有打开的酒与没有启封的烟。没有喧哗，没有人走动，大家愣成了一堆木头。我凝视窗外，夜海茫茫，一切都被吞噬了，只有灯光飘掠过钢灰的路基，突然照亮一片散乱的钢铁，在火车驶过的刹那，这些钢铁，仿佛蓦地注进了生命，极力要爬起来，拉紧手，组成一个巨大的圆轮，呐喊着，追逐着，泛出尖叫应和着惨厉的啸声，而啸声愈发凄烈了，使人感到血的潜流。这时候，撞入视角的钢铁，真仿佛长了翅膀，使人想起疯狂的褐色鸦群，受了什么刺激似的，盘旋着，飞扑着，用它们的翅膀击打我们的车皮，用它们的利喙啄击我们的玻璃，用它们乌黑的火焰一样的小圆眼睛，谛视我们。为什么，为什么？为什么！在这样的拷问下，我无话可说，只感到脚下的路轨突然松软，松软得像是刚刚滚出烤炉的面包，而我们的身体也融进了火车的每一个组成部分，变成了笛声、变成了钢铁，一个车轮，哭喊着、碾磨着、用流血的额头撞击着那阻碍我们前进的东西。车速突然加快，快得像是玩命，我感到每一个关节都在震颤，每一滴血似乎都要挣脱血管的束缚，加入这疾风暴雨式的运行。风暴里，有一群不屈的精灵推拥着我们向前迅跑。我们都不说话，只感到鼻子酸成了未熟的葡萄。我们都没有勇气流出第一滴眼泪。

列车员说，由于信号员操作失误，两组车头在这里相撞，四个司机，三个当场死亡，另一个也难说。信号员与司机都很熟，她别过头，她与他们也相识。

## 六

你领略过东北的酷热吗？这么说，有人要奇怪，七月份去东北，山川风物不必说，主要还是为了凉快，怎么能说热？但事实上并不是年年七月都凉爽如水。1982 年我去过一次，赶上暑热，在办公室里谈工作，汗黏如胶，真想急忙跳进浊涨的松花江或者什么绿苇掩映的水泡子学一只青蛙。东北人，那几年不置备风扇一类东西的。这次去，不那么热了，却也辛苦，大部分时间消耗在各种机车牵引的列车上。为了紧凑时间，我们蹲过大大小小的车站，三级站、四级站，也经过了没有月台的准级站。从鹿道去安图，列车忽地停下来，上来几个人，又忽地开走了。诧异里，看看窗外，松林的背景上，一支白漆的圆牌，写着乌黑的“准”字，愣在路基下面。有时候，鹄候站台，也真有些百无聊赖，看枕木白得发慌，路轨一尺一尺向前延伸，免不了乱哄哄地涌出一些幻觉。将路轨与枕木集中在一起，脑海里总觉得像是蜈蚣，百只脚，千只脚，数不尽的脚，掮着重物，偷了东西似的，慌慌张张地跑。坐进列车，这想法又伸展了一层，仿佛是在蜈蚣背上飞，精确说，是踩着蜈蚣的脚趾向前跑，也有时是飞。在这样的幻觉里，不禁想起邦达列夫讲过的俄罗斯寓言。蜈蚣有一百只脚，有一天，突然想在理论上探讨究竟用哪一只脚走路，它却不会走路了。这故事与传统的邯郸学步相似。我于散文理论的研究，也有相当年头了，但于实践依然疏隔陌生，写过些散文，也不为编辑看好，如今是抒情散文的年代，哪里有我这类散文的立锥之地？当然，名家除外。这么一想，此次行程写下的札记，无论怎样，又同蜈蚣的脚趾联到了一起。实在令人气馁，还是言归正传吧。东北的凉爽，依我看，主要是在黄昏以后，在虫鸣交织的奏鸣曲中，天空柔和得宛如蓝色丝绒，星星像是擦亮的银器。七八月的夜晚，在绥芬河有时是要加盖棉被的。但，东北的太阳，中午时分也真毒。在绥芬河车站，无意中我把手臂伸出窗口，立时感到敷了一层热沙。与绥芬河相比，通化的太阳又更毒了一些。也许，因此，通化的葡萄酒也就更熟更甜。在通化的闹市里走一圈，与北京的大栅栏或王府井也没有什么两样，都会产生一种烤鸭似的感觉。不过，通化的烤鸭也许会产生一股腥臭的尘土气息。这时候，对视彼此汗水淋漓的身体，除了苦笑，对关内的太阳就更加感到像是吞了一块热铁，同时心里暗暗发愿，愿到天津，那里的气候，是下雨、下雹子、下雪。而这时候，也确实接近了雨季的边缘。

雨季边缘的人们总要探索雨季的消息。

雨是灰色的。

# 龚岭禅云

还是在白鹭村，乘车准备回赣县时，突然听到有人惊喜地低声叫道，马祖道一，原来在这里，请求主人带我们去那里游览。主人爽快地答应了，但有一个附加条件，游览要快，不要拖延时间，否则就要在夜色中走山路了。车子向县城的方向疾驰了大约四十分钟，一片灰色的屋顶浮进车窗，那便是宝华寺。原来，马祖道一驻锡的地方，就在返回赣县县城的路上。

宝华寺位于龚公山麓，正在扩建之中，刚才浮进车窗的便是新修的大殿的顶部。大殿还没有装修，灰蒙蒙的，佛像前面架设着高耸的脚手架，涂抹着为装金而打底的青色膏泥。我们匆忙地从脚手架的缝隙里穿过去，进到后面的小殿，如同前面的大殿，这座殿也处于毛坯状态。再后又是一座建筑，五六个僧人在里面唪经，似乎并不是很熟稔，这座建筑也仍然处于原始状态，只是在灰色的檐柱上贴着桃色的对联。上联是："宝地灵鹫山漫道中原无净土"；下联残缺了，"华梵玉石塔应知□居有□□"，丢了三字。下联提到的玉石塔，便在这座建筑右侧的大觉殿内。

玉石塔是一座白石砌筑的佛塔，据说是马祖道一法嗣智藏的灵塔。

智藏与他的老师马祖道一，都是禅宗重要的不可不提的人物，有必要在这里做些简单介绍。马祖道一，四川什邡人，生于公元709年，卒于788年，经历了睿宗、玄宗、肃宗、代宗与德宗五个朝代，既笼罩过盛唐的光辉，也感受了安史之乱以后大唐的没落。马，是他的俗姓，道一，是其法号。祖，是佛教徒对他的尊称。在佛教中，以俗姓称祖的，大概仅此一人。道一年轻时学习坐禅，受到怀让的指教。这个怀让不是一般人物，而是六祖慧能的入室弟子。怀让与道一之间有这样一段对话。怀让问："你为什么在这里坐禅？"道一答："为了成佛。"听他这样回答，怀让立时拿起一块砖，在石头上磨了起来。道一见状十分惊异，问道："你为什么磨砖？"怀让说："为了磨成镜子。"道一笑道："砖怎么可以磨成镜子呢？"怀让反驳道："砖既然不能磨成镜子，坐禅又怎么可以成佛呢？"这就是著名的磨砖不能成镜的故事。由此道一追随怀让参学，怀让禅师去世后，道一继承了他的衣钵。道一后来去江西南昌附近传禅。南昌当时称洪州，在这里，道一广收门徒。他的法嗣，据说是广播天下，而被尊为洪州宗，与青原一系下的石头宗遥相呼应，自此禅宗大盛于天下，日本铃木大拙称赞道一是唐代最伟大的禅师，胡适则称他是中国最伟大的禅师。

道一弟子众多，经常随侍他的有一百三十九人。最著名的是智藏、怀海与普愿。智藏追随道一的时间最长，在僧团中的地位极高。道一圆寂以后，他继续领导僧团。关于智藏，《宋高僧传》有这样一段记载，说他八岁从师，道趣高邈，随道一移居龚公山，修建了宝华寺。新罗的僧人道义入唐以后，在智藏门下参学心法，受其法脉，成为后来朝鲜禅门九山之一的迦智山派。智藏圆寂以后，他的灵骨便葬在这里，也就是前面说到的玉华塔里面。说是塔，其实只有两米多高，虽然小，但塔所应有的构件：基座、束腰、塔身、塔刹、力士、菩萨，唐风饱满的线刻花卉，一样不少，只是原本雪白的石头，被时间的手指摩挲得有些发乌。然而，檐角翚飞，金色的铁马，依然闪眨光影熠熠，而给人一种奇妙的时空穿越的感觉。可惜时间紧张，我只匆匆拍了一张照片。后来查阅资料，知道了这座塔叫“大宝光塔”。智藏在圆寂以后，唐穆宗诏谥他为：“大觉禅师”，对于僧人而言这应该是很高的荣誉吧。而他的老师，道一，“大寂禅师”的骨殖呢？不知是否也在这个寺院，时间急促，来不及询问。

在大觉殿的右侧还有一座殿宇，说是殿宇其实是普通的旧房子而已，并不巍峨也不辉煌，在这个殿宇的背后也在施工，正在营建一座贮藏舍利的宝塔，谁的舍利，不得其详，也无人可以细问。只是在仓促中注意到正在扩建的宝华寺相对旧址扩大了许多，红色的山麓被剖开很大一个豁口，同样是红色的岩石，被掘土机的巨爪刻划出深邃的痕迹。现在的建筑，无论是万丈红尘，还是红尘之外，都追求大体量，力求在外型上造成伟岸的印象。在文化喧嚣的后工业时期，这当然是必要的，也是可以理解的，只是叫我不解的是，何以大殿后方的那座小殿宇采取了歪扭形态。

是因为环境逼仄吗？而现在的环境，对于道一和他的弟子们，大概是有点陌生了，他们要赏鉴月色，大概要到更深之处的山林吧？而真实的历史是，道一邀请他的三位高足在月下漫步，询问他们在如此皓洁的月色之下宜做何事，智藏是："在这样的月色下，正好焚香、讲经、供佛。"怀海呢，他的看法是："此时正是参禅打坐的好时机。"听了他们的话，普愿一语不发，拂袖便走。对此，道一的评论是："经入藏，禅归海，唯有南泉普愿独超物外。"智藏耽迷于对佛经的讲解，怀海执着于对禅的修行，只有普愿不迷执法相而超然物外。道一对高足的评论恰是他主张修行的三个阶段：即心即佛、非心非佛、平常心是佛。佛的精神存在一切法相之中，而又不在一切法相之中，只有心无挂碍，才能打破心执，进入真如之界。

这位三高足，包括其师道一，对我而言，欣赏的还是怀海，欣赏他作为僧人而坚持劳作。在他之前僧人是不事生产的，而是靠供养为生。在印度，禁止僧人耕种，因为在犁地或锄土时不免会伤害了泥土中的生物，有悖于佛的精神。这样的制度只适宜于印度这样气候炎热的国家，因为那里有热带的水果可吃。而在中土是做不到的。为什么四肢健全的僧人要吸食俗人的血汗呢？怀海呼吁僧人必须劳动，"一日不作，一日不食"，而且以身作则，在他九十四岁高龄的时候还坚持劳动。弟子们屡劝不听，只好把他的工具藏起来，他寻找不到便拒绝吃饭，最后还是他胜利了。我不是宗教人士，对于宗教的精微不得其解。但我坚信的是如果宗教与人间福祉没有任何联系，这样的宗教大概也就失去了存在的价值。怀海的做法应该是非常好的诠释吧。僧人们本应如此，当然也应该有一些秋清泉气香的风致，"白云深处漫敲钟，击破名山几万重”，“笑倚回栏人独立，月明林下一枝松。”可惜末句的松树不在这里而是在千里之遥的成都，那里也有一座宝华寺，不过这也没有什么关系，成都的与赣县的宝华寺有什么区别呢？真的是龚公山上云，往来还复去吗？这当然是禅学问题，而对于我们，山色渐渐凝重起来，必须立即下山返回赣县，毕竟我们还不是禅宗人物。

# 状元故里风清

离开龙津溪，来到琏后村普济岩。

普济岩的正殿供奉释迦牟尼，上悬“方塘一鉴”横匾。门厅供奉智慧光佛，楹联是：“九座灵通涌出慈云数朵，方塘活水挹注法雨千重。”智慧光佛便是阿弥陀佛，众生无论在什么地方，他都可以救度。因此，中国的信众在灾难之际，往往要口诵“阿弥陀佛”。

在普济岩还供奉三个人物，当地人尊为“三公”。他们是：文天祥、张世杰与陆秀夫，关于他们，这里也有一副楹联：“协力驱蕃激扬浩然正气，同心报国更见殷后三仁。”这三个历史人物都是南宋末年抵抗蒙古铁骑的民族英雄。文天祥不用说了，他的“人生自古谁无死，留取丹心照汗青”诗句，至今是鼓舞我们抵御外辱的精神支柱。根据历史记载，德佑二年，元军将六岁的恭宗赵显俘获。他的哥哥，九岁的赵昰，随同杨太后逃到福州即位，是为端宗。在井澳的海面上，赵昰乘坐的船只被巨浪倾覆，受到惊吓以后病逝。于是，大臣们再拥立他的弟弟赵昺，也就是少帝，杨太后每天抱着他在船上主持朝政。一天，海战之时宋军崩溃，陆秀夫再没有办法，便把赵昰负于背上，说：“我们君臣不应受到外国人的凌辱，”遂投海而死。杨太后得知后拊膺大恸也投海自尽。只剩下张世杰一人前往广州继续抗元，可惜他乘坐的船遭遇飓风也被骇浪击碎了。

然而，英雄们是不会被忘却的，每年农历正月十八，珪后村的人们都要举行一种叫“下水操”的纪念活动。在这一天，村中的小伙子们把三公神像请到轿子上，蹚过村中的水塘。人游水中，轿浮水面，碧波翻滚，那场面，据说极为壮观、惊险。当地人说，举办这个活动便是模仿陆秀夫当年背负少帝投海殉国的情景。听到这样的介绍，我的心情是复杂而又痛楚的。论及南宋，以及产生于那个时代的理学，在很长的一段时间里被横加批判，但是反思一下，正是理学加强了中国人对伦理、民族、国家的认知与凝聚力。即以普济岩为例，释迦牟尼上空的“方塘一鉴”，便说明理学的思想如何深入人心。稍有一点中国传统知识的人都知道，这里的文字出自朱熹的“半亩方塘一鉴开”，而智慧光佛楹联中的“方塘活水”，也源出于此。由于历史的传承，在这里，在客家人的万千聚落里，儒家思想，也就是尼山的月光吧，至今照彻长泰乡贤的身影，比如林震，而传颂不已。

林震，字敦声，号起龙，长泰县枋阳镇科山村人。林震家境贫寒，作为家中长子，帮助母亲料理家务，常到山上砍柴，疲倦了，坐在树下休息时也要阅读书籍。他的祖屋后面有一面高坡，上边有舂米的水碓，夜深月朗之时，他坐在水碓上面，“执书对月，诵读不寐”。林震的生母张氏早年去世，继母萧氏育有三个弟弟。对萧氏，林震十分孝顺，对兄弟也很友爱。尽管在饮食方面，继母难免偏向弟弟们，但是林震

“处之怡然”而毫不介意。出仕之后，林震对继母更加恭敬，哇恐体现不出美好的德行，也就是古人所说的“令德”吧！

宣德五年，林震进京“会试春闱”，考上了第十五名进士，在殿试上，他独对丹墀而“卓冠群论”，被宣德钦点为一甲一名，赐状元及第。这一年，林震四十三岁。自唐太宗开科取士，到清代光绪末年废除科举，长泰县，乃至漳州地区，只出现了林震一名状元，因此长泰的百姓把自己的家乡称为状元故里，是一点也不为过的。长泰人喜欢林震不仅因为他是状元，还在于他的品行操守有褒然可诵之处，他曾经做过广东乡试的主官：“裁典文衡，至公无私，所获登庸者，皆一时之英。”在北京做官时，立朝秉节，正直不阿，致仕后“不趋势利，不事请谒，不为子孙产业计”，澹然有“清白之家风”。

在中国的传统文化中，讲究“修齐治平”、“穷”“达”之变，以做人为第一嚆矢。对于官员，清白而不贪腐则是首义。林震是这样，而在他之前，同样是长泰人，有一位叫黄子信的也近乎如此。据乾隆年间修撰的《长泰县志》记载，此人文章品行都很好，在官场上“清介不阿，上官多不悦”，不被上司所欢喜。有一个上司，看不起他，找寻他的毛病，黄便写了一首诗给他：“六年两度拜冕旒，换得青衫上白头。飞鹊只因无树绕，穷猿何暇择林投。明知着脚当来误，几欲抽身不自由。安得有钱了官债，便无三径也归休！”在做官与归隐之间，黄宁愿选择后者。据说，那个上司读了他的诗以后，叹息道：“何相见之晚也。”由是对他敬重起来，但是黄的去意已决，“拂衣而去，行李萧然”，吟哦道：

笑倩西风拂旧埃，归时行李似初来。

也知三载清贫好，博得一家强健回。

考察官员的清廉，行李是最直接的感性的判断，赴任的时候是一件行李，为官三载，走的时候仍然是同样一件行李，做到这样的程度其实是极难之事。在长泰，流传颇广的有一则“却金亭”的故事。在明代，有一个叫赵佩的人，到长泰做县令。这个人为政清白，自誓“无敢以贪墨自玷”，勉励百姓以孝悌为先、和睦为上、耕读勤俭，从而深受爱戴。一年，按照规定赵佩应进京朝觐，百姓们闻听他旅资匮乏，便凑了一些银两给他，被赵佩拒绝了。后来，他再度来到长泰做县令，离任时，百姓们知道他宦囊空空，便再次醵金，比上次还多，以供其林下养老，却被赵佩再次拒绝，态度更为严厉。长泰的百姓于是为他修筑了一座亭子，名曰“却金亭”，“以比悬鱼之操”，并以此为题写了一篇文章赞扬他，末尾有这样两句话，一是：“以显明公之廉”；一是：“以为将来之鉴”。可惜这座亭子后来倾圮了，我衷心希望早早修复。在长泰，建设美丽乡村之际，青山蓊郁，蜿蜒溪碧，有红色屋顶的小房子点缀其间，怎样看都是一幅妩媚、现代的乡村画图，如果进而赓续、揄扬这里的传统，清廉与爱国，状元——故里——风清，自然会使这片热土愈发充盈、瑰玮，难道不应为之努力吗！

# 留余堂

从黄遵宪“人境庐”出来的路上，我问当地旅游局的一位负责同志，在梅县还有可以一看的文人旧址吗？他说，有，还有张资平的故居可看。听到他的答复，同行的人都不禁涌起探访的兴趣。

说是张资平的故居，不过是随意的说法，精确地讲是广东省梅县东厢堡三坑留余堂，那里是张资平的祖居，他不过占了一席之地而已，不能说是他的故居。

谈到张资平，学过中国现代文学史的人，都会产生一种复杂的感受。一方面是鲁迅奉赠给他的“△”，另一方面是对他的汉奸文人的指斥。无论是“△”，还是汉奸，都深刻地烙印于张的额头而难以抹平。但是，张又是创造社的发起者之一，出版了大量文学作品，在中国现代文学史上是一个不能回避的人物。1995 年，我为中国文联出版社选编《中国现代小说名家名作原版库》，便收有张资平的短篇小说集《不平衡的偶力》，因此对于张氏的作品我还是有些判断的。就艺术而言，张的小说在他的那个时代应该是不差，而在题材上也并不都是“△”，《不平衡的偶力》中便颇有几篇反映社会问题与反日情绪的小说。然而李太白咏诗“青蝇一点白璧污”，白璧如此，何况张又不是白璧。

吃过午饭，我们来到留余堂。看到留余堂前面的弧形水塘时，我们都明白了，张原来是客家人，有朋友开玩笑说，这个不对，应该改成三角，将圆弧改造为三角，这样，才可以和张资平的作品相匹配。这当然是玩笑，还是说留余堂。三堂四横，后面未去，不知道有几排房子，总不会少于一排吧。这是一座典型的围龙式建筑，背后的围屋，与前面弯月形状的水塘组成近乎圆形的院落。

无论是土楼、围屋，还是围龙屋，在客家的建筑中，都设有祖堂。祖堂是客家人供奉祖先、祭祀祖先与商议大事的处所。在可能的情况下，祖堂都遵循坐北朝南的原则，将祖先的神龛置于北边的墙壁上面。神龛下面是香案，摆放烛台香炉之类的礼器。香案之前是方桌，举行大典的时候，摆放与吃有关的祭品。而这里，在留余堂，偌大的厅堂里只有一张简陋的方桌，中间放着一具明黄的香炉，两侧是白铁皮盒子。香炉里暗白的灰烬堆成坟尖形状，铁皮盒子里残留着没有燃尽的红色蜡烛。在供奉祖先的神龛左侧放着一只煤油灯。神龛位于两楹之间，仿佛一座小型舞台，黑色的神位涂着朱红的油漆。神龛之上是一支乳白的细长灯管，再上是纤细的浅蓝色电线，电线之上是一盏白炽灯。白炽灯的上面悬挂着留余堂的黑底金匾。神龛里面光线幽暗，难以辨认字迹。然而，祖堂内外有不少石刻与张贴在墙上的文字，还是可以使我们了解这里的情况。留余堂建于道光七年（1827 年），至今已有 184 年了。1993 年以后，族人们陆续捐资，购回了属于祖居的鱼塘，修复了禾坪与楣官，对祖堂的桁、桷、板等构件重新油饰。在清代，留余堂出了八位举人，是当地的书香翰墨之第，大概出于对文人的钟爱，张资平虽然气节已亏，但在祖堂的墙壁上仍然张贴着有关他的介绍。

张资平，名秉声，字资平，以字行世。族人称他秉声公，是留余堂的二十世孙。1937 年抗战爆发以后，张资平参加了以日本驻上海领事馆为后台的“兴亚建国会”，1940 年 3 月南京汪伪政府成立，张资平任农矿部技正。技正是技术官员，属于闲职，似可原谅。7 月，中日文化协会在南京成立，张资平当选为第一届理事会候补理事，任出版组主任，主编《中日文化》月刊。这是一份宣传“中日亲善共荣”的汉奸杂志。这就难以宽宥了，他怎么会跌进这样的酱缸？叹息中我们来到他曾经居住过的院落。这处院落虽然纤巧，却涵养了一方水池，翠绿的水藻将天空的微澜拥堵得没有呼吸的空隙。水池前方是一条石凳，石凳上方是精致的花窗。石凳上摆着紫色和绿色的盆栽。但是，水池后面的屋宇却十分简陋，竖条形状的窗棂，布满了褐色的铁锈，张在这里生活了十几年，而后浮海东瀛求学。据张资平的一位侄子说，1924 年的春天，张的母校广益中学派代表敦请张资平等人协助办校，张回来的时候，可能就住在这里，此后再未归来。这个侄子今年 79 岁了，叫张梅祥，五十年代随父辈从印尼回国，后来支援新疆，到建设兵团工作。张梅祥从未见过张资平，只见过他的照片，然而对张的事情还是很清晰，毕竟是有血缘关系的。看到他，我突然想到历史上的邓攸，那样高古的衣冠，他的儿子与侄子。

在战争的挤压之下，历史上，中原的汉人，也就是客家的祖先，不断地向南迁徙，而每一次的迁徙都流播着凄惨骇人的故事。西晋末年，一个叫邓攸的人，为了逃避石勒的胡兵，带领家小向南方逃亡。起初还有车马可以代步，后来形势紧张，为了跑得快些，邓攸放弃车子，让家小骑上牛马，不料又遇到强盗而将他们抢掠一空。邓攸的儿子和侄子年龄都小，没有了牛马，邓攸便把他们挑在肩上继续逃难。然而，形式紧迫，难以两全，逼迫邓攸做出抉择，必须舍弃一个孩子。邓攸和妻子商量，兄弟早已物故，只有侄子一个后裔。如果舍弃侄子，兄弟就没有后人了。这样的事情不能做。我们将来到了安居之地，还可以生养，扔掉儿子吧。妻子痛哭不已，依从了邓攸。翌日，趁儿子还在熟睡，抱着侄子就跑。没想到，傍晚的时候，儿子哭喊着追了上来。第三天，二人狠心将儿子绑在树上，头也不敢回地跑了。多年以后邓攸在江南安定下来，每忆及此，都如同刀剜一般。这当然只是中原汉人为逃避兵燹的苦难一幕，类于邓攸惨痛遭遇的人当不在少数，只是没有被记录下来而已。我不知别人读到这样的记载，内心会涌起何等波澜，在我是不忍卒读的。我不知道张资平读过这篇文字没有，如果读过他会怎样思索，在中日战争中，倭寇的残暴不是写在纸上而是每天发生在人们的身边，面对这样的残暴，难道可以无动于衷吗？这就令人不得不敬佩邓攸，为了兄弟之“义”而牺牲了自己的孩子。邓的做法属于手足之情的“小义”，在民族的“大义”面前，作为国人，尤其是卓有声望的人物，更应该如此吧！但是张的抉择却令人失望。如果邓攸侄子的后人设置祖堂，是否应该把邓攸与他的儿子置于神龛而歆享牲醴？如果是这样，在这个原则的审视下，张又应该怎样？这么一想难免惘然。同时不禁望望悬挂于门楣之上，刻着金色文魁的朱匾，与大门之外的楣官——刚刚雕好的浅灰色的夹杆石，还没有树立旌表的旗杆呢。

# 范文程

我对范文程颇感兴趣。

之所以感兴趣，不是因为他在历史上的重要位置，而是因为他心机难测。古云“侯门似海”，其实是人心似海，至少在范文程，沧溟浩荡也难以为喻。

## 一

> 交道口头条胡同有地名范家大院。考其地为范文肃公（文程）故居。开国元勋，功在社稷，子孙簪缨接武，今零替矣。公为范文正公后裔，功名亦相似。闻其家向不用僧道，镶黄旗汉军世家，颇有被其化者，至今守之。
>
> ——《天咫偶闻》

范文程是清初著名人物，官仕清初四朝，做过一品大学士。熟悉明清鼎革史的人都知道他，犹如知道洪承畴，是其时汉族人民的耻辱与灾难，相对于洪，他做汉奸的时间更为久远，我在后面叙述，这里只谈我对范家大院的寻访过程。

《天咫偶闻》记载的交道口头条胡同，1965年改称交道口北头条。这条胡同的北侧是交道口北二条。两条胡同之间有两条南北走向的小巷，东边的叫针鼻胡同，西边的没有名称，是道济医院的通道。再西是两条狭窄的死巷，东侧的叫东仁里，西侧的叫西仁里。胡同南边，自西向东，有梁家湾、仁德里与翔凤胡同。这些小胡同，哪一条曾经是范家大院呢？

从胡同的西口进去是一家饭馆，招牌是“土锅羊蝎子”。入口处悬挂红灯笼，胡同南北两侧的墙壁上，拉着五根绳子，也挂着二十只红色的灯笼。历史上，在北京，只有妓院与派出所悬挂红灯，作为暗夜中的标识。我曾经写过一本谈论《水浒传》中酒店的著作，引用了一则史料，在开封，北宋时称汴梁，有一种酒店，《都城纪胜》称“庵酒店”：“谓有娼妓在内，可以就欢，而于酒店内暗藏床也。门首红栀子灯上，不以晴雨。必用箬匴盖之，以为记认。”栀子的果实是卵形的，有黄或者橙两种颜色。“红栀子灯”就是栀子果实形状的红灯。“箬”，是箬竹；“匴”，是筐一类的器皿。将门口的红栀子灯用竹筐遮掩，表明店主的一种心迹，毕竟还有羞赧之心吧！

“土锅羊蝎子”东侧又是一家饭店，入口的顶部高悬一面红色招幌，黄色大字写道：“川湘家常菜”，颜色都已经暗淡，红得近乎褐而黄色近于白了。再向东是“交北头条社区居民委员会”的所在地。我很想进去询问范家大院，但犹豫了一下没有进去，还是先做调查吧！而调查的结果令我失望。胡同南边的梁家湾已经改造拓直，与道济医院前面的通道笔直相对，道济医院即今北京第六医院前身，而梁家湾北部东侧现在是第六医院的住院部。仁德里与翔凤胡同已经消弭，寻找不到了。北边的针鼻胡同改叫交道口二条，成为二条的一条支巷。小巷的西侧有一座四合院，院门为鞍子脊铃铛排山，屋顶是青色板瓦。院门东西两侧倒座的间数基本一致，据此可以判断，这座院子至少分为两路，应该是一座大四合院。可惜，院门被封堵，只在中央位置构筑了一座灰色的小门。向西，还有21号：广亮大门，门洞阔大，但门洞的东侧建造了一间小房子，故而两扇大门只保留一扇，相应地，门墩也只剩下一个，鼓心雕琢着盛放的梅花与美丽的小鹿。顶部的趴狮被砸得难以分辨，这应该是“文革”中小将们的杰作。在北京，门墩中有狮子的，大部分被砸烂了，可爱与可怖的，无论什么形状的狮子，不知什么原因都成为“革命”的对象。同21号一样，25号也是如此，门洞东侧也盖了一间小房子，只是更加窳败，不仅门墩只剩下一个，而且四枚门簪仅余两枚了。21号门洞里的房子，在朝向胡同的墙上辟有一扇小窗，安装银白色的金属护栏。25号则没有开窗，肮脏的墙壁上张贴一幅菱形福字，金与红的色泽已然被时光啮蚀斑驳了。

在交道口头条，69与69—1号，也引起了我的注意。我进到69号，对着院门的一排北房，西侧的房子都是新涂的油彩，只有东侧一间色彩暗旧，原来是一处大院，现在被分开了，在原来如意门的西侧新构筑了一座如意门，当然也是彩色焕然。在交道口北头条，有两座四合院，22与27号被东城区列入普查登记文物。我没有进到院子里，不知道具体情况。但是31号如意门的砖雕却异常精致：象鼻枭、挂落板、头层檐、半混，再上面的栏板与望柱均雕饰得一丝不苟。挂落板的背景是万字不断的花纹，其上有五只展开翅膀的蝙蝠，每只蝙蝠的嘴上衔有一个盘长——也就是中国结。蝙蝠的翅膀都精心雕刻出纤细的表示筋脉的纹路，而每一个中国结转折衔接的轨迹也都清晰整齐。当时卜居于此的主人啊！对生活多么热爱，而那些雕花的匠人，手艺又该有多好！

这些四合院，哪一座是范文程居住过的？

我又折回胡同北口，进入“交北头条社区居民委员会”，询问一位女同志，范家大院在胡同什么地方。她没有听清楚，我又重复了一遍，她摇摇头，问里面的人，说不知道，你去问派出所吧！派出所知道吗？为了寻找范家大院，我查阅了不少资料，均不见记载。但是我相信《天咫偶闻》的作者震均，绝不会空穴来风。震均，满族人，瓜尔佳氏，逊清时曾任江苏省江都知县，庚子事变后执教于京师大学堂，即今北京大学的前身。这是一个熟谙清朝典章制度与北京风土的人物。他在同书记载的洪承畴宅邸至今可见，范家大院怎么会寻觅不到呢？

## 二

崇德八年九月。

戊子。多罗豫郡王多铎谋夺大学士范文程妻，事觉，下诸王贝勒大臣鞫讯得状，多铎罚银一千两，并夺十五牛录，和硕亲王豪格坐知其事不发，罚银三千两。

《清实录·世祖》

范文程，字宪斗，号辉岳。其先人在明初从江西被贬谪至沈阳，居住在抚顺。范文程的曾祖范鏓，是明朝正德年间的进士，后来官至兵部尚书。祖父范沉是沈阳卫指挥同知。父亲范楠，有两个儿子，一个就是范文程。范文程生于明万历二十五年（1597年），十八岁时，与其兄并为生员——秀才。四十六年（1618年），后金的部队攻下抚顺，范文程与其兄归顺了后金——后来改称清。这年，范文程二十一岁。据《八旗通志》记载，范的体型魁伟相貌周正，受到努尔哈赤的善待而参与帷幄，渐次步入统治集团高层。

范文程对清人的贡献，归纳起来有两条，一是迎迓、招抚明代将士，一是制定夺取大明的谋略。经他迎迓、招抚的有孔有德、耿仲明与洪承畴。前两人原是明代将领，“自山东来降，为明兵追袭不得达，文程奉命应援，遂挈以来归。”这两个人做过铁岭矿工，耿仲明还做过海盗，降清后为清人征伐有功，分别被封为定南王与靖南王。屈大均在《皇明四朝成仁录》中说，明代末年有三个叛将，“其首恶为孔有德”，而这个人还自称是孔子后人，明亡，也就是“国变”之后，“道经曲阜，欲入谒先圣庙林，孔氏宗人阖门弗纳”，斥责他是“冒称圣裔”。孔子家谱也没有将其收入。难道应该将其收入吗？当然不应该！在招降的明朝将领中最著名的是洪承畴，而洪的投降过程颇有戏剧性。我在《方砖厂》里引述过一史料，今天再作一次文抄公：

> 上欲收承畴为用，命范文程谕降。承畴方科跣

谩骂，文程徐与语，泛及今古事，梁间尘偶落，著承畴衣，承畴拂去之。文程遽归，告上曰："承畴必不死，惜其衣，况其身乎？"上自临视，解所御貂裘衣之，曰："先生得无寒乎？"承畴瞠视久，叹曰："真命世之主也！"乃叩头请降。

"科跣谩骂"，即赤脚骂人。洪承畴这个人在崇祯时做过兵部尚书、蓟辽总督，应是二品大员，他在指挥松锦之战时，溃败后成为清的俘虏，降清后，同范文程一样也官拜大学士。崇祯听说——当然是不准确的消息，洪战死后十分痛悼而为他举办丧仪，准备做十六场浩大佛事，而且亲临祭奠，举行了一半，准确消息传来，才停止了这出闹剧。就是这么个人物，因为一个微细举动，"梁间尘偶落，著承畴衣，承畴拂去之"，被范文程窥见，而最终落水。对于洪，范文程揣摩透了他的心理，而范文程，一定要把他人拉下水，在范的心底，又潜蕴什么幽曲？

这年，是崇祯十五年（1642 年），相距范文程降清——万历四十六年（1618 年），相差二十四年。从背叛汉民族的角度，范文程比洪承畴提早了二十四年，对于这样的时间上的差异，不知他，或者洪，会做何种感想？由于贡献"卓异"，洪承畴"有幸"在乾隆时期被列入"贰臣传甲等"，范文程呢？如果泉下有知，他的内心会翻涌怎样的漪涟，也不得而知。

崇祯十七年（1644 年）李自成攻入北京，进军山海关，吴三桂向摄政王多尔衮请降，多尔衮犹豫不决，急召在盖州汤泉养病的范文程速来商议。"时文程方抱病，力疾趋盛京"，也就是沈阳，建议收降吴三桂。听了他的建议，清军遂发，胜利后乘势追击而定鼎北京。范文程对多尔衮说了什么？

他说：

> 自闯寇猖狂，中原涂炭。近且倾覆京师，戕厥君后，此必讨之贼也。虽拥众百万，横行无惮，揆其败道有三：逼陨其主，天怒矣；刑辱缙绅，拷劫财货，士忿矣；掠民资，淫人妇，火人庐舍，民恨矣。备此三败，行之以骄，可一战破也。我国家上下同心，兵甲选练，……何功不成。

又说：

> 自古未有嗜杀而得天下者。国家止欲帝关东，当攻掠兼施。倘思统一区夏，非乂安百姓不可。

指明李自成必败的三个理由，若想统一中国，必须“乂安百姓”。而在这前，范文程遇到了一件让他羞愤的事情，多尔衮的弟弟多铎，看中了他的妻子，“谋夺”之，事情败露后，几经周折，多尔衮对多铎进行了处罚。经历了这样的事情，范文程的内心会怎样地波动？当然会不愉快。岂止会不愉快！然而，尽管如此，范文程依然为清廷竭诚效命，难怪时人将其与吴三桂进行比对，认为其人委实可鄙，甚至不如吴三桂，吴三桂还可以为陈圆圆而战，所谓“冲冠一怒为红颜”，范这个人呢？“妻子岂应关大计？英雄无奈是多情”，可惜范文程不是吴三桂，他也做不了吴三桂，他的心机隐藏得该有多深！李太白有诗：“青冥浩荡不见底，日月照耀金银台”，他哪里有“金银台”，他甚至不如“庵酒店”的主人，尚有羞惭之心而用竹筐把自己门首的红灯遮掩，他的心肝都黑了！

记得在网上时常可以看到关于历史人物的讨论。在一个多民族的国家里，畴昔的爱国者应该如何评介，相对应的过去的卖国贼又应该如何评介，这是一个十分纠结的问题。昔云盖棺论定，现在是盖棺也难有定评。在一个商业的大众文化的时代，每一个人都是自媒体，这当然也没有什么不可以。然而，评价历史人物还是应该从历史唯物主义的角度出发。在范的时代，清与明是两个国家，清的主体民族是满族，明的主体民族是汉族，清是侵略者，明是抵御者，明抵御清的侵略当然是正确的，身为汉族的大明人却为敌国效力，自然是汉奸，称范文程为卖国贼的道理就在于此，我们不能超越历史而奢谈历史人物。

## 三

范文程墓，位于县城5公里，怀柔镇红螺山卢庄村北0.5公里。

据村民讲，该墓很大，有石碑、石牌坊、墓道。牌坊高大，汉白玉石料构筑，神道两旁有石兽，后被拆毁，造田垒坝，个别石兽保存完好。墓穴毁于“文化大革命”，棺木未朽，挪做他用。墓坑四壁，非砖非石，坚硬异常，据传为江米汤和白灰浇筑而成。墓前约1000米处，曾建有斤房3间，文武官员至此须下轿、下马。

尚存康熙五年（1666年）御祭碑，康熙五十三年（1714年）赐谥碑，在卢庄村委会内，大部字尚可辨认。

——《北京市怀柔县地名志》

在接近红螺山入口时，见到公路西侧坐着几位身着红马甲的老者。问他们卢庄在什么地方，一位老者指着马路对面说：“那儿就是，”而“那儿”正是红螺山入口。我们于是掉过车头。村里的主路是一条从东西折向南北的“之”字形道路，去范墓，应该走哪条道路呢？下车问一位皮肤黑极了的骑自行车的中年人，他说不在这儿，在马路对面！听了这话，我豁然醒悟，如果刚才问范文程岂不简单！但是，既然进了村子，也不妨看看吧！

我们来到一个路口，徐下车买玉米，我去拍照，同时打量这里的地貌。有一条南北方向的溪涧和一座木栏小桥。桥的东侧是一条道路，桥的西侧有两条道路。桥之东高于桥之西，而且高出不少。桥的东北是一排一排的平房，依山势而上。靠近路口有一家小小的百货商店。我奇怪，徐买玉米为什么那么久，走过去，听见小贩说一个玉米五角钱，徐买了九个，应付四元五角。小贩没有零钱。纠结半天，一位旁观的妇女说：“你再给她一个老玉米不就完了。”

又回到公路，再次询问那几位老者。一位指着前方装有变压器的电线杆说：“变压器那儿就是。”变压器附近坐着两位妇女，问范文程墓。一位妇女说就在他家原来的自留地上。现在什么都没有了，只有两个坑，也都被黄土填埋了。那块自留地后来被大队拿走，租给一家养鹿的公司，鹿吃“玉米棒的尖儿”。她带着我们走到那里，指着一处丛生野草的地方说，那儿就是。如果没有这位妇女，是根本找不到的。我观察了一下周围环境，墓穴南边并列一排纤细的杨树，而北面是苍翠的桧柏，西侧有一株不大的核桃树。随手拍了几张照片以便记认。墓穴附近簇生刺儿菜、苦荬、苍耳——叶子仿佛是蓖麻，以及缀满金色花朵的野菊。

这里的地势有明显落差，那些位于不同高度的地块，便是台地吧。怀柔这地方台地很多，比如，北台上，北台下之类。范墓便坐落在一块台地上。寻访到范的墓地，我们很高兴，问那位妇女贵姓，她说姓张，从别村嫁到这里已经有二十五六年了。她和不少村民现在负责看山防火，村里一个月给四百四十元。因为你们问范文程墓，所以带你们来，“否则还不让你们进呢。”我注意到她也穿红马甲，后背印有“森林防火”，腰部缀有一条嫩绿色的横道儿，应该涂有荧光粉可以在夜间发出光泽。她说，时常有人问这个墓。

回程的路上，徐买了十元黄梨。味道一般，却香气馥郁，满车充溢梨香。宝钗的住处称梨香院，是这个缘故吗？但这是宝姐姐，是宝二爷姨姐的院子，范文程呢？范文程的院子，范家大院呢？存在还是不存在，一时难以厘清，有时间应该再去调查清楚。

# 顾太清

## 一

1839年，龚自珍辞官南归，创作了315首七绝组诗，这一年正是农历己亥，故名《己亥杂诗》。组诗中的第5与第125首，最为今人称道而选入中小学课本，其中“落红不是无情物，化作春泥更护花”与“我劝天公重抖擞，不拘一格降人才”也由此流行于世。然而，并不是每一首诗都给诗人带来荣誉与幸福，比如，第209首，反而让他中了飞言的冰冷的毒簇。

诗是这样写的：

空山徒倚倦游身，梦见城西阆苑春。
一骑传笺朱邸晚，临风递与缟衣人。

诗的末句有一段自注：“忆宣武门内太平湖之丁香花一首。”在龚自珍的时代，北京内城西南有一片湖泊曰太平湖，湖东是奕绘府，奕绘的祖父是乾隆五子荣亲王永琪，故而世称荣府。于是有人附会龚诗中的“朱邸”便是荣府，而“缟衣人”则是奕绘的夫人顾太清，因为顾太清本名春，所谓“梦见城西阆苑春”，由此揣度二人有暧昧之情，时称“丁香花案”。

飞言的制造者是冒广生，孟森曾经作文驳斥，继而苏雪林作《丁香花疑案再辩》，到了1992年，赵伯陶又作《莫须有的〈丁香花案〉》为之辩污。然而，事情并没就此结束，2006与2009年黄仕忠又著文，以顾太清和龚自珍各自的经历做比对，从时间上推断顾太清与龚自珍早年相识相慕是完全可能的，然而文章仅是想象的推论，并无史实根据，而被有识者斥为无根的游谈。

在清代，评论本朝词人，男性以朱彝尊、陈维崧，女性以吴藻为冠。而在辛亥，鼎革之后则以纳兰和顾太清分别居于男女词人之首。在评论顾太清的词作时，词学大家况周颐谓其：“深稳沉著，不琢不率，极合依声消息，”“其佳处在气格不在字句，……此等词无人能知，无人能爱，夫以绝代佳人而能填无人能爱之词，是亦奇矣。”又说，顾太清的词“得力于周清真，旁参白石之清俊”。“纯乎宋人法乳，故能不烦洗伐，绝无一毫鲜艳涉其笔端。”她的词确实写得好而多有风致，譬如《庭院深深·杏庄婿属题〈络纬美人〉团扇》：

开到黄花秋老，凉风吹过妆楼。云鬟宫样罢梳头。绮窗无箇事，晓日上帘钩。　细检瓜瓤菜叶，爱听络纬声幽。持来素手慢凝眸。想因观物化，应不解悲秋。

"素——手——慢——凝——眸"啊。

因为这些缘故，当闻听顾太清的居住之地就在房山，且有大量的建筑遗存，怎么可以不去拜望?

## 二

房山区的文联主席凸凹请了一位杨先生介绍顾太清故居。杨说，故居的所在之地现在是京煤集团下属单位，是一处存放炸药的仓库。

这个地方一边是大房山，一边是大安山，中间的山谷便是南峪。顾太清故居在南峪的半山之间，前边是杨树关。所谓关，其实不过是一座小巧的城楼。关的前面横置一道栏杆，一位年轻的武警手持黑色的微冲——玩具似的，在那里站岗。几位身着天蓝色制服的同志在栏杆外面迎接我们。有一位同志姓李，凸凹介绍他是科长，李说不是。我说你就是科长助理吧。他笑笑，助理也不是。李说："这里不准吸烟，不准照相，不准穿有钉子的鞋。"这里在五十年代爆炸过，一个小战士打扫卫生，不小心把水溅在炸药——硝酸甘油上，冒出了纤细的白烟，小战士不知所措，告诉了工程师。工程师告诉大家，赶紧疏散，能跑多远，就跑多远。爆炸惊天动地，北京都听见了，于是将这个炸药库远移河北，后来由于经济建设需要，又迁回到这里。

我们有些毛骨悚然。

进杨树关左行，看到一处破烂的房子。杨介绍这里是章京的住处。再向上，看到一处院落，中间是三楹大门，两侧是与大门相连的倒座。大门早已堵塞，院墙也已经倾圮了，院落里丛生杂树，我注意到有一种树叶的边缘镶嵌纤细的锯齿，好像是榆树，问李，说这是木榄子，叶子可以食用。又指点一株硕大的白皮松说，那是原来就有的。再向上，又看见一座大房子，杨告诉我们那是霏云山房。霏云山房的背后是清风阁。李带我们从侧面的楼梯走上去。梁栋上的彩画断续可见，朱红的包袱里，描画着一只金色的行龙。李说，前几年这里的彩画十分清晰，有不少画有《红楼梦》的情节。杨说，顾太清十分喜爱《红楼梦》，曾经做过续书，叫《红楼梦影》。

清风阁背后是雪白的月台。在月台正中位置，李说是顾太清与奕绘的墓穴——曾经是墓穴，而现在什么也看不见了，只看见一个不大的黑色洞穴。看到大家疑惑的神态，李强调就是这里，前几年，她的后人便在这个地方祭拜。月台的栏杆依旧莹洁如玉，而雕刻的工人仿佛还没有走远，躲在什么地方端详自己的作品。雕工也委实好，望柱的端部高雕流云，桥堍的抱鼓雕刻寿字。云是灵芝形状，寿是团寿，都是常见的传统的吉祥图案。凸凹指着从月台壁缝里钻出来的一株小灌木，李说，这是麻栎疙瘩，它的根可以做烟斗。麻栎疙瘩的叶子纤细如线，绿得尖新而舒展微黄的韵味，如此娇嫩的叶子，却生有如铜坚硬的根部，在我感觉里无论如何难以统一。

故居位于半山之间，故而东西两侧，各建有一条爬山廊，随着山的姿态而向上伸展。在清风阁的时候，透过半拱的钻山，看到秀媚的廊柱侍女似的站成一列，而朱红的油漆都已褪尽，潜意识里掠过一丝莫名的漪涟，这里就是顾太清曾经住过的地方吗？蓦地想到她写的两首诗，其中一句是：“大南峪里天台寺，楼阁参池云雾重。”天台寺建于明代，是慈圣李太后为宝珠禅师王能贵所建，入清以后属于胜朝遗物，因此顾太清要叹息“一段残碑哀社稷，满山春草牧牛羊”了。前半句是描摹，描摹心中的情感微澜，后半句是实写，实写眼中的景物。而这里的景物的确很美，“野鸟山峰皆法象，苍松古柏宛游龙”，“立马东岗新雨后，西南高插紫芙蓉”，雨霁新晴，天空蓝得养眼，西南的高峰犹如紫色的芙蓉。顾太清喜欢这里，奕绘也喜欢这里，很想把这里作为生前的别墅与未来的终老之地，夫妻二人这时虽然不过三十几岁，却已经预办身后之事：“笑指他年从葬处，白云堆里是吾乡。”

一年以后，再来这里，景象已然丕变，顾太清吟道：“去年三月游南谷”，山间的桃花宛如旖旎的霞光，而今天呢？“微荫小阁凝青霭，细溜仙源漱白沙”了。这是写于三月的诗，两个月以后，顾太清再吟哦：“白云深处清风阁，总使忙人亦不忙。”而在赴南峪途中，暴雨骤起，雷电交织，豪雨纵横宛如银色的波涛。诗的题目是《题南谷清风阁，次夫子韵》。夫子即奕绘，夫妻二人经常唱和，在奕绘的笔端，同样也是五首，也就是组诗吧，起首起句道：“雨中出郭快时晴，望见山楼已落成，”山楼便是清风阁，据《荣府史》记载，这是一座两层楼阁，“上下各五楹，”“阁上南室为‘栖神宇’，北室为‘延年行馆’。”住在这里，奕绘的感触是“中年已办终身计”，他哪里料想到，三年以后，不过四十岁，而那年，顾太清也是四十岁，就真的长眠于此，“千章碧树拥佳城”了呢？

## 三

北京民进的一位小姑娘在手机里通知我，8月29日去北京市文物局。我在去年曾经写过一篇关于北京名人故居的调查报告，民进的同志根据这篇报告写了一则界别提案，被一位副市长批示由文物局答复。文物局的同志很重视这个提案，正副局长与相关部门领导都出席了。因为会议的内容是名人故居，自然要说到顾太清，那么一个词人，清代最伟大的女词人，她的故居竟然成为储存炸药的处所，这真是匪夷所思而叫人料想不到。杜甫有句："魑魅喜人过，文章憎命达"，真是这样吗？

道光十八年，也就是公元1838年，奕绘病逝。而这一天又恰是顾太清的长子载钊的生辰，于是府中舆论大哗，认为"庶出妨人"。奕绘的母亲，也就是太福晋，本来就听到许多对浸润之言，认为她有"夺嫡"企图，现在又涉及庶子为"不吉之人"，自然是火上浇油，为了护持嫡子载钧，遂命顾太清携带儿女移居府外。先是赁居养马营，一年后迁徙到砖塔胡同。对这段生活，顾太清刻骨铭心。她在一首诗题中说："自先夫子薨逝后，意不为诗。冬窗检点遗稿，卷中诗多唱和，触目感怀，结习难忘。遂赋数字，非敢有所怨，聊记予之不幸也，兼示钊初两儿。"这一年载钊十四岁，载初七岁。被迫同顾太清移居府外的还有两个女儿，十二岁的载通与九岁的载道。四个儿女都处于少年与童年阶段。在这首诗中，有这样两句："有儿性痴顽，有女年尚婴。斗粟与尺布，有所不能行。”前一句是写儿女的顽皮与无知，后一句则暗泄与嫡子载钧不合。《史记·淮南衡山列传》讲述汉文帝与淮南王相争，淮南王不食而亡，数年以后，民间流传一首歌谣：“一尺布，尚可缝；一斗粟，尚可舂，兄弟二人不能相容。”一尺布可以缝在一起做衣服，一斗粟脱去外壳，也可以让大家共食，天下之大，兄弟之间为什么不能相容呢？

顾太清，本姓西林觉罗氏，是甘肃巡抚鄂昌的孙女。鄂昌因胡中藻案赐死，家产被籍没。其子鄂实峰移居香山健锐营，娶富察氏女，生一子二女。长女即顾太清。太清，本名春，字梅仙，太清乃其号。因此她正确的姓名应是“西林春”才对。奕绘的祖父永琪是乾隆五子，永琪的妻子是鄂尔泰之子鄂弼的女儿，与顾太清有戚谊，因为这个原因，顾太清常来荣府，与奕绘相识，诗词唱和而互生倾慕之意。但是太清是罪人之后，与奕绘不可以连为枝理，于是按照清人的规制，冒充荣府护卫顾文星之女而向宗人府报禀，才得以成为奕绘的侧室。婚后不久，奕绘的正室就去世了。顾太清便以侧室摄行正室之事，但其做事严厉，由此埋下了祸根。奕绘是一个很有学问的人，诗也写得很好，与顾太清甚是相得。二人经常诗歌唱和，连骑出游。所谓连骑就是两匹马齐头并行。在清朝咸、同以前，满族的青年妇女出门向来骑马，只有老年妇女才坐车轿。因此顾太清与奕绘出行，自然也要骑马，又是琴瑟相得的夫妻，连骑而行是情理之事，却哪里料到，这一满族习俗，在后人的笔记里却演绎为，太清“做内家装，于马上拨铁琵琶，手白如玉，见者咸谓王嫱重生”。进而演绎出“丁香诗案”那样的绯闻，而使清誉，包括她的家人蒙污，这真是不幸的事情。当然，这样的传闻，对于今天千方百计制造绯闻以求提升人气的演艺界人士却是求之不得，而对于封建时代的女性，却是具有毁灭力的，文人之无良何至于此！

养马营在西城，砖塔胡同也在西城。现在养马营已然拆掉，砖塔胡同西端也已经拆掉不少，顾太清曾经住过的地方是否也被拆掉，一时难以说清，而对于可以说清，且有大量建筑存世的南峪别墅，我们却丝毫没有爱惜之情，历史与社会的荒谬真的要恒久地伴随这个不幸的女人吗？然而又似乎不是。文物局负责同志答复我们，京煤集团准备把炸药库迁移他处，而将这里修复为旅游胜地，他们也准备予以资金支持。如果真是这样，自然值得庆贺，且可以告慰那些曾经对祖国文化的繁荣与发展做出贡献的先辈们。虽然这样的事情来得太晚，也依然是高兴的事情，用顾太清的表述是“洗尽铅华不惹愁”。但是，我依旧浸润一种淡淡的愁恻的情绪，为这个女子的命运而叹息，担心这样的事情未必会很快转为现实，况且在清风阁周围也真应该恢复一些顾太清眼中的树木，顾太清有句：“杨柳才垂碧玉稍，杏花乍染胭脂梗，”而在奕绘的笔底则是：“六株银杏初生叶，两树红梨正放香，”种植一些这样的北京的土著物种应该不难，而且要抓紧时间去种，为什么不种呢？

# 故园的女人与花朵

那蔷薇，就像所有的蔷薇，
只开了一个早晨
——巴尔扎克

写下这个题目，有些纠结。纠结什么呢？一时难以说清。但有一点是明确的，即：题目中的故园是指鲁迅的故园。既然是鲁迅的，那么至少有三处，绍兴、北京、上海，都有资格成为鲁迅故园。如果我是绍兴人士，则毫不犹豫地选择绍兴，如果是上海籍呢？而我是北京人，熟稔的当然是北京，因此以鲁迅在北京的曾经居住地而作为写作中心，也就没有什么可以迟疑了。然而，虽是如此，也还是有些纠结，纠结那些女人与花朵，尤其是女人——新与旧的女人，真的一时梳理不清。那就暂时放下，从故园的猫说起。

## 一

在北京，鲁迅曾经居住过四个地方：一处是南半截胡同 7

号的绍兴会馆；一处是八道湾胡同 11 号周氏兄弟旧居；一处是砖塔胡同 84 号；一处是宫门口西三条 21 号的鲁迅故居，现在被包围在鲁迅博物馆的院子里。在绍兴会馆，鲁迅住了七年半，从 1912 年的五月到 1919 年的 11 月，先是住在会馆西北的藤花西馆，因为邻人吵闹而迁移到会馆东南的补树书屋。关于邻人吵闹，鲁迅在日记中这样记载："半夜后邻客以闽音高谈，狺狺如犬相啮，不得安睡。"搬到南部的小院以后，虽然逃避了狺狺犬啮，却又平添了猫的骚扰。而且，这里多少有些阴气，鲁迅在《呐喊》自序中写有这样一句话："往昔是曾在院子里的槐树上缢死过一个女人的"，据说是一个官员的姨太太。鲁迅对此倒不在乎，况且"现在的槐树已经高不可攀了"。让他恼火的是猫，是夜晚闹春的猫。周作人在《鲁迅的故家》中回忆，对于猫叫春，像小儿一样绵长的啼哭，他们那时是"大抵大怒而起"，周作人说，他的 1918 年的日记里，也有"夜为猫所扰，不得安睡"的记载。不得安睡怎办？只有采取行动，"拿着一支竹竿"，周作人写道："我搬了小茶几，到后檐下放好，他便上去用竹竿痛打，把它们打散，但也不能长治久安，往往过一会又回来了。"谁拿竹竿？揣摩文意，既然周作人"搬了小茶几"，那么就应该是鲁迅，是鲁迅手持竹竿与搬着小茶几的周作人走到后檐下面。打猫为什么不在前檐，而偏要绕到房子的后面，舍近求远地走到后檐下呢？我近日去那里探访，绕到补树书屋的后面明白了，后檐的地势相对前檐至少高出半米，站在那里可以很容易打散在屋顶上叫春的猫。

当然，在补树书屋，对鲁迅而言，更多是岑静与寂寞，是抄古碑的好地方，而且“古碑中也遇不到什么问题和主义”。夏夜时分，“蚊子多了，便摇着蒲扇坐在槐树下”，鲁迅在《呐喊》自序中说：“从密叶缝里看那一点一点的青天，晚出的槐蚕又每每冰冷地落在头颈上。”关于这株槐树，研究鲁迅的著作记述多矣，这里不再多说。我感兴趣的是槐树之前的历史，因为文献记载，补树书屋的墙壁上，曾经嵌有一方石匾，刻有这样一些文字：

昔有美树，花夜合。或曰：楝别种莲芙。

夜晚将花朵合拢的，是什么树呢？是合欢吗？合欢我是熟悉的，北京曾有一条街道将其作为行道树，夏天的时候绽放绯红的花朵，后来不知道出于什么原因统统被砍掉了。合欢的叶子在晚间闭合，因此在日本有“睡觉树”之称。叶子是这样，花也是这样吗？

什么植物的花在夜晚一定闭合呢？有一种叫“夜合花”，“又称夜香木兰”的，有九片花瓣，外面三瓣是绿色的，里面六瓣是白色的，清晨开放，晚间合拢，香气幽馨，直径有三到四厘米，是一种偏大型的花卉。把这样的树，称为“美树”，自然是不错的。但这只是我个人猜测，因为还有这样的话：“或曰：楝别种莲芙”。楝，又称苦楝，果实是圆球形状的，成熟以后焕发一种金黄的色泽，因此又叫金铃子。在中国文人的情怀里，楝是高洁的树木，庄子《秋水》篇中便有凤凰非梧桐不栖，非楝实不食的议论。楝花一蓓数朵，颜色紫红，芳香满庭。

毛成骅 绘

楝，这种树在印度被称为神树，是雕刻佛像的好材料。那么，楝的别种“莲芙”，是楝的哪一个品种呢？可惜也一时难以说清，而历史中的现实是，在鲁迅的时代，无论是夜合还是莲芙，都早已在壬寅年的春天死掉了，壬寅是光绪二十二年，即公元1842年。这一年，距鲁迅入住的时间是七十年，距周作人是七十五年。他们所见的槐树，种于癸卯，与壬寅相差一年——公元1843年，如果从这一年算起，周氏兄弟眼际中的槐树正当盛年，正是亭亭如盖，青翠如幄的好姿态。周作人说住在这里，盛夏的时候屋子里并不很热，“不大有蚊子，因为不记得用过什么蚊香，也不曾买有蝇拍子，可见没有苍蝇进来”，自然与这株槐树有关，“它好像是一顶绿的大日照伞，把可畏的夏日都挡住了。”这是槐树的好处，当然也有坏处，只是槐树上的“青虫很有点讨厌。”青虫，在古人的笔下是尺蠖，鲁迅写作槐蚕，是一种像蚕那样白皙的小虫子，以槐树的叶子为食，北京人俗称“吊死鬼”。这种小虫子，时常用一根细长而雪亮的白丝吊下来，落在地上一曲一伸地爬，不小心，落在行人的身上是免不了的。如果落在“头颈上”呢，会像鲁迅那样，产生“冰冷的”感觉吗？周作人呢？他奇怪的是：“那么旧的屋里该有老鼠，却也并不见。”这其实是与猫大有关系。周作人说，“谁家的猫常来屋上骚扰，往往叫人整半夜睡不着觉。”这些扰人清梦的猫便是驱逐老鼠的功臣吧！

但是，它们哪里料得到，做了这样的好事却难免被痛打，功臣应该受到这样的“待遇”吗？

那些白皙的小虫子，那个自缢的女人呢？

# 二

展现在我们眼前的是三个活泼的姑娘：俞藻、俞芳与许羡苏。照片中，俞芳与许羡苏之间是鲁迅的母亲鲁老太太。

俞芳与俞藻有一个姐姐叫俞芬，俞芳后来回忆，八岁那年，她们的母亲去世了，比她大十二岁的俞芬，带着她和小妹俞藻一起到北京读书，住在西城的砖塔胡同61号，即今之84号。俞氏三姐妹的父亲叫俞英崖，61号是俞英崖朋友的房产。俞英崖在外地工作，俞氏三姐妹便借住在这里。1923年7月鲁迅与周作人失和，离开八道湾而迁居于此。

与鲁迅初次接触，俞氏姐妹很拘谨。但是，很快发生了变化，一天，鲁老太太给他们讲鲁迅小时的故事。说鲁迅穿着红棉袄，手持大关刀，模拟关羽征战的样子，高喊："娘，给你看看！"听了这个故事，俞芬立即拿起鸡毛掸子，模拟鲁迅小时的样子高喊："大先生，大先生，你看！""这是红棉袄，这是大关刀，和尚师父给我做的，给你看看！"陌生的界限一下子打开了。

俞芬与许羡素同为绍兴人，是鲁迅三弟周建人在绍兴女子师范教书时的学生。许羡素到北京女子师高读书的时候，俞芬在师高附中读书，因此许羡苏在回忆往事的时候，说她的这位同学是一位超龄的活泼的女中学生。鲁迅借寓砖塔胡同61号便是通过许羡苏介绍的。1920年，许羡苏从绍兴来到北京报考北京大学，住在八道湾，鲁老太太很喜欢她。后来，许羡苏考上了北京女子师高，住到学校里去了，鲁老太太舍不得，流了好几次眼泪。许羡苏当时剪了短发，与高师当局的要求相抵触。当时剪短发的，还有廖伯英、甘睿昌和张挹兰。张挹兰后来转到北京大学，与李大钊同日遇难。高师当局下令这些剪短发的学生必须把头发养长，而这四个学生拒不遵命。高师当局于是向学生的保证人、监护人与家长，要求他们督促执行。许羡苏的保证人是周作人，为此，周作人退掉聘书以示抗议；鲁迅则写了一个短篇《头发的故事》，表达他的激愤与支持。

1926 年 8 月 26 日，鲁迅与许广平南下，由此，鲁迅与许羡苏的通信也频繁起来。以 8 月 27 日至 10 月 2 日为例，根据《鲁迅日记》他们之间的通信次数是：

> 八月
>
> 二十七日　上午以明信片寄寿山、淑卿。午蹬车，一点钟发天津。
>
> 二十九日　晨七时抵上海……以明信片寄淑卿。
>
> 九月
>
> 一日　下午寄羡苏明信片；
>
> 四日　下午一时抵厦门……以明信片寄羡苏及三弟；
>
> 五日　午寄淑卿信；
>
> 八日　下午得淑卿信，二日发。
>
> 十二日　下午寄淑卿信及明信片一；
>
> 十八日　上午寄许羡苏信并《语丝》十本；

二十三日　午后得美苏信，十五日发；

二十四日　上午寄美苏信并《语丝》；

二十七日　收小景片十二枚，十六日淑卿自北京寄。

十月

二日　下午得美苏信，廿四日发。

按：淑卿，即许羡苏。鲁迅九月八日得到许羡苏的回信应是对九月一日以前三张明信片的回复。许羡苏二日寄出的信，鲁迅第六天就收到了，说明其时邮政是顺畅的，作为平信的收发时间今天也大抵如此。从 8 月 27 日到 10 月 2 日，在三十七天的时间里，鲁迅与许羡苏通信 13 封，鲁迅 8 封，许羡苏 5 封。有人根据《鲁迅日记》统计，鲁迅与许羡苏的往来信函大概有二百五十余封。鲁迅——包括邮寄书籍，有一百多封，许羡苏的也有百余封。

在鲁迅的人生中，许羡苏是一位难以回避的女性。许羡苏面容姣好，性格活泼，历史如果给鲁老太太再一次选择儿媳的机会，有的研究者认为，她一定会选择许羡苏。友人曹聚仁在一本关于鲁迅的评传中，更是把许羡苏直接称为“鲁迅的恋人”。鲁迅的学生孙伏园曾经私下里，将许羡苏、许广平与鲁迅之间的关系称为“二许之争”。这样的闲话，很快传到鲁迅的耳朵里。1926 年 9 月 30 日，时在厦门的鲁迅，致信在广州的许广平，转述伏园的闲话：“他所宣传的，大略是说：他家不但常有男学生，也常有女学生，但他是爱高的那一个的，因为她最有才气云云。”“高的那一个”是指许广平。对这件事，鲁迅看得很淡，认为是：“平凡得很，正如伏园之人，不足多论也。”看到鲁迅的信，不知许广平的心情如何，而许羡苏又会翻涌怎样的波澜呢？

关于鲁迅与许羡苏之间通信的下落，许羡苏在1961年著文回忆说，1930年她去河北第五女师——其地在大名府，任教前夕，把鲁迅给她的来信捆成一包，交给了鲁迅的夫人朱安，“不知她怎样处理了”。但是，后来整理鲁迅在北京的故居时，在朱安的箱子里并没有见到这些信。如果这些信还在，那些曾经的鲜活文字会传递何种信息呢？

1927年1月11日，鲁迅在即将离开厦门大学的时候，给许广平写了一封长信，述及厦大的学潮以及关于北京的一些传闻，说到一位从北京南来的教授白果“为攻击我起见，便和田千顷分头广布于人，说我之不肯留居厦门，乃为月亮不在之故”，将许广平喻为皎洁的月亮。信尾又告知这样一件事情：“我托令弟买了几株柳，种在后园，拔去了几株玉蜀黍，母亲很可惜，有些不高兴，而宴太即大放谣诼，说我纵容着学生虐待她。”宴太即周作人的妻子羽太信子，令弟即许羡苏。这封信收进《两地书》时，羽太信子与许羡苏的真实姓名都被芟夷而改为代称，前者是可以理解的，是为了避免麻烦，用鲁迅的话是“力求清宁”；后者呢？回避什么？许广平是许羡苏在女子师高的同学，比许羡苏大三岁，称其为令弟自然可以，但有什么必要回避其名？

“柳”的背后包孕什么深藏的故事吗？

## 三

当然，这样的柳也可以理解为自然之柳。

1924年6月25日，鲁迅从砖塔胡同移居“西三条胡同新屋”。次年四月五日，请云松阁栽种绿植。计有：“紫、白丁香各二，碧桃一，花椒、刺梅、榆梅各二，青杨三。”《鲁迅日记》中的丁香、碧桃、花椒、刺眉与榆梅，今天还可以见到，丁香位于前院正房两侧，壮硕蓬勃，已经高过屋顶了。其余的植物均在后园，一株在正房背后的东边，这是碧桃。余者则位于后园的北墙之下，从西向东依次是花椒、刺眉、榆梅。三株青杨呢？现在是一株也没有了。

青杨是杨树的一种，在中国土著杨树的种类中，与青杨相对应的是白杨。白杨树皮皎洁，青阳树皮青灰。清人陈淏子在辑录的《花镜》中比较这两种杨树的区别时说，白杨的叶子在萌芽之际，包裹一层乳白的绒毛，及至舒展开来，上面是淡青色，背面依旧是白色的。白杨的叶子似“梨叶长而厚”“蒂长两两相对”，也就是“对生”“遇风则簌簌有声”。岂止是“簌簌”，有时简直会发出骤雨一般的暴响。相对白杨，青杨的叶子要小许多，高度也相对低矮。在中国的传统文化中，杨树不种在院子里，而是多植于茔冢之间。由于这个缘故，北京的四合院很少有这种树。说是很少，是因为，还是有一些新进人士，比如周氏兄弟，不愿意接受这样的束缚而任性自为。我不知道鲁迅对白杨是何种态度，周作人则似乎颇多喜爱，我忘记了他在哪篇散文中说过，在西教中，白杨是有罪恶的，因为基督临死之前背负的十字架是白杨做的。青杨呢？他，包括鲁迅似乎没有述及，但是虽然不见于纸上的烟霞，却见于鲁迅的后园，而且在不大的园子里栽种三株，可见主人的志趣与喜爱。

如同杨树，西三条栽种的那些花木，也大都不见于北京的四合院，只是反映了鲁迅的个人兴趣而已。见于《鲁迅日记》中的刺梅即黄刺玫，榆梅即榆叶梅。二者在花期的时候都绽放黄色花朵，而且都是重叠的花瓣，只是刺梅有刺，榆梅无刺，叶子细小模拟榆树的叶子而已。丁香就不用说了，盛开的时候香气郁烈，只是味道有些怪异，因此不太被人们所接受。尤其叫人费解的是花椒，有什么观赏价值呢？当然，这样的说法难免偏颇，因为《花镜》里不仅收有花椒，而且把它列在“花木类考”里。《花镜》描述它是“本有尖刺，叶坚而滑”，气味辛香，“蜀人取嫩芽做茶”。北京却没有这样雅，春天的北京人，只是以炸“花椒芽”自飨和飨客罢了。我年轻时的工作单位便种有花椒，栽种在食堂门口，好大一片，从那里经过时即便是炎夏，也会感到一种辛辣的凉气。奇怪的是，我从来没有见过它们开花，当然不会没有花，花椒，包括我们食堂附近的都会开花，是一种澄黄、纤巧而类似于腊梅那样形状的花。

1947 年 6 月 28 日，南京《新民报》记者来到西三条，采访鲁迅的夫人朱安，说到鲁迅，说到院子里的两株植物，一株是洋桃，还有一株是樱花。朱安说，鲁迅喜欢的那株樱花被虫子咬坏了，去年才将它砍倒。而记者看到，“鲁迅手种植的那株洋桃，高出屋脊，绿叶森森，遮盖住西边的半个院子。”洋桃是南国的嘉果而实如橄榄，成熟以后泛射蜜蜡的色泽，半透明的黄色很是秀丽。洋桃，在《两地书》中，写作杨桃。关于杨桃，在许广平与鲁迅的通信中多次述及。先是，1926年9月28日，许广平在信中诉说广州的天气：时常有雨，空气十分潮湿，“衣物书籍，动辄发霉，讨厌极了。”而“无雨则热甚”，上课的时候汗流浃背。“蚊子大出”“蚂蚁也不亚于厦门”“食物自然更易招致，即使挂起来，也能缘绳而至，须用水绕，始得平安。”这些是牢骚话，当然也有好吃的水果，“现时有杨桃，五瓣，横断如星形，色黄绿”，这样的水果，“厦门可有吗？”10月4日，鲁迅回信说，在厦门有香蕉、柚子，都很好吃，“至于杨桃，却没见过，又不知道是甚么名字，所以也无从买起。”两周以后，鲁迅在给许广平的信中再次提到杨桃说，“我很想尝尝杨桃”，然而要吃杨桃得去广东，但是现在却难以成行。原因是“经济问题”，因为厦门大学已经提前支付了工资，倘若现在就走，鲁迅在10月29日的信中说：“玉堂立刻就要被攻击，因此有些彷徨。”玉堂，即林语堂，是鲁迅来厦门大学教书的介绍人。

在鲁迅与许广平合著的《两地书》中，以厦门为背景的通信最多，鲁迅给许广平的信，不仅心迹袒露，而且颇多顽皮之态。比如，10月28日：

> 楼下的后面有一小片花圃，用有刺的铁丝拦着，我因为要看它有怎样的拦阻力，前几天跳了一回试试。跳出了，但那刺果然有效，给了我两个小伤，一股上，一膝旁，可是使并不深，至多不过一分。

这是下午的事，晚上就痊愈了，一点没有什么。恐怕这事会招到告诫，但这是因为知道没有什么危险，所以试试的，倘觉可虑，就很谨慎。例如，这里颇多小蛇，常见被打死的，额部多不膨大，大抵是没什么毒的，但到天暗，我便不到草地上走，连夜间小解也不下楼去了，就用磁的唾壶装着，看夜半无人时，即从窗口泼下去。这虽然近于无赖，但学校的设备如此不完全，我也只得如此。

跳过有刺的铁蒺藜，刺伤了自己，可是伤口并不深；把尿“磁”在唾壶装着，“看夜半无人时，即从窗口泼下去”，这些近乎无良少年的无赖举动，说明恋爱的力量有多么凌厉！我不知别人见到这样的文字有什么感想，我是不由得产生了一种微微的莫名的兴奋，同时浮想沙翁的喜剧《仲夏夜之梦》。那时的鲁迅，恐怕是中了小精灵迫克（Puck）紫色的魔汁，虽然也间或掠过一丝爱情所固有的烦恼，但即便如此，亦是欢乐、青春、幸福的。

而在此之前，在九月三十日的信中，鲁迅说，听课的学生渐渐多起来了，大概“有许多是别科的”，有男生也有女生，“女生共五人”。对这些女生的态度，鲁迅的态度是：“我决定目不斜视，而且将来永远如此，直到离开了厦门。”对鲁迅这样的剖白，许广平在十月十四日的信中认为“邪视”有什么要紧，“许是冷不防的一瞪罢！”对恋人的戏谑，鲁迅回答：“邪视尚不敢，而况‘瞪’乎？”什么是瞪？瞪，是正视——正面看。“瞪”既可以是冷不防，也可以是长时间的看。这时的鲁迅，对讲台之下的女生，既不可以邪视，又不可以正视，在这样的情形下，有什么办法呢？要么，闭目不看；要么，像高老夫子那样仰头看天花板，借以表达对恋人的忠贞吧。然而，女学生固然可以不看，但杨桃还是要吃。过了几天，孙伏园，也就是散播“二许之争”的那位，从广州带来了杨桃，从而满足了鲁迅想吃杨桃的渴望。然而，吃过以后，鲁迅的态度却是：“我以为味道并不十分好吃，而汁多可取，最好是那香气，出于各种水果之上。”

杨桃我是吃过的，的确如鲁迅所云没有任何味道，只是液体多，吃一只可顶一瓶矿泉水。香气似乎有些夸张，并没有“出于各种水果之上”的感觉。

## 四

如同一切家庭，鲁迅与许广平的婚后生活也是琐碎、物质的，因为琐碎故而真实，因为真实而所以物质。萧红在一篇回忆鲁迅的文章中说，吃饭的时候，鲁迅不和家人在一起，而是在楼上单开一桌。许广平总是亲手把放着小菜的木盘端上去。小菜盛在碟子里，碟子直径不过两寸，有时是一碗豌豆苗，有时是菠菜或者苋菜，如果是鸡或者鱼则必定选择其中最好的部位。许广平用了比祈祷更虔诚的目光，才小心翼翼地端着盘子走上楼梯。

面对妻子——比鲁迅小十七岁，这个男人的内心会是怎样，当会充满幸福与感激吧。使我们感动的是，临终之时，他说过的那些话，忘掉我，管自己的生活；儿子倘若无能，千万不要做空头文学家。这是对许广平，对上海的家人；那么，对北京，对北京的家人，他的母亲与朱安，他想到了什么呢？在他去世以后，西三条的家里也设立了灵堂，接待前来吊唁的亲友。在正房对面的南房，北京人素常所说的倒座的东墙上，悬挂着陶元庆所绘的鲁迅肖像，下面是一张方桌。朱安一身素服坐在方桌左侧，在袅袅的烟篆里，祭奠远逝的丈夫。据南京《新民报》报道，当时的情景是，记者写道："鲁迅夫人的身材很矮""脸色很清癯，眼睛里永是流露着极感伤的神态，上身着的是咖啡色带白花的短夹袄，青裤，白鞋白袜扎腿，头上挽着个小髻，也用白的头绳束着"。朱安让记者坐下以后，有一个女仆执一水烟袋相进，她一边吸着，一边接受采访：

> 关于后事，她这里还没什么打算，完全由他三弟周建人在上海就近办理，她不预备到上海去，因为她母亲（作者按：鲁老太太）在这里，今年已八十岁，处处需要人照顾，不能离开，同时去上海也没有多大的用处。记者因为谈话已有半点钟的时间，乃起而辞别，她最后很客气的说："谢谢你！他死了你们还要给他传名！"

鲁迅去世以后，朱安给周建人发的电报中有这样两句，一句是："一生辛苦如是作终"；再一句："缅怀旧事痛不欲生"。前句是对鲁迅的盖棺之论，当然是朱安对鲁迅的理解，后句是朱安自己内心的表达。朱安的电报，虽是请人代笔，却真实反映了那一时代旧式妇女在丈夫死后的情感与心境。

鲁迅去世以后，朱安还给周建人写过一封信，希望许广平“择期整装，早入归来”。若果“动身有日”，请“先行示知”，“嫂当扫径相迓，决不能使稍受委屈。”住在哪里呢？朱安已经料想得十分周详了，如果这些地方都不合适，也可以住在朱安自己的房间：“或住嫂之房，余再腾他处”，“一切什物自必代备”“许妹与余同一宗旨同一境遇，同甘共苦扶持堂上，教养遗孤，以慰在天之灵”。朱安说这些都是出于“肝膈”的话，“特竭诚相告也。”朱安是旧式妇女，对许广平以姐妹相称，以鲁迅正室自居——她的确是正室，是可以理解的，而作为现代女性的许广平，自然不会接受这样的邀请而把自己嵌于旧家庭的屋檐之下。

十年前，在闻听鲁迅与许广平在上海同居以后，朱安与俞芳有过这样的对话。俞芳问朱安今后打算怎么办？朱安痛苦地说，“大先生和我不好”“我想好好地服侍他，一切顺着他，将来总会好的。”但是现在朱安绝望了，“我好比是一只蜗牛”，她说：“从墙底一点一点往上爬，爬得虽慢，总一天会爬到墙顶的。可是现在我没有办法了，我没有力气爬了，我待他再好，也是无用。”听了这些话，俞芳很是惊异，她比朱安小三十岁，面对一个比自己小三十岁的邻家女孩揾泪倾诉，可以想见朱安的内心有多么痛楚与压抑。

1947 年 6 月 28 日，南京《新民报》记者采访朱安，其时距朱安辞世仅仅一天，在那一天，朱安对记者说身体不好，全身浮肿，关节发炎，由于经济匮乏，又不愿意变卖“先生的遗物”“只好隔几天打一针”。她说：“周先生对我并不算坏，彼此之间并没有争吵，各有各的人生，我应该原谅他。”关于她与鲁迅的关系，朱安曾说，老太太抱怨我没有孩子，大先生从来不和我说话，怎么会有孩子呢！他曾经向鲁迅表示过继朱家的一个侄子，但是鲁迅没有表态。说到许广平，朱安的态度也很友善，她说：“许先生待我极好，她懂得我的想法，她肯维持我，不断寄钱来，物价飞涨，自然是不够的，我只有更苦一点自己，她的确是个好人”。

一年以后，北平版的《新民报》刊登了一篇介绍朱安生平的文章和一帧照片。文章的题目是《鲁迅夫人》，对朱安的生平进行了简短回顾：

> 夫人朱氏，绍兴世家子，生于胜清光绪五年七月。父讳某，精刑名之学，颇有声名于郡国间。夫人生而颖慧，工女红，守礼法，父母爱之不啻若掌上珠，因而择婿颇苛，年二十八始归同郡周君豫才（即鲁迅）。

文中描述朱安是：“柔色淑声，晨昏定省”“事其太夫人鲁氏数十年如一日。”抗战胜利以后，生存日艰“蒙蒋主席赐予法币十万金，始延残喘”。文末感慨：“呜呼！夫人生依无价之文人，而文人且不能依”，“依”而不能“依”，朱安的悲剧就在这里。1943 年，鲁老太太病殁，埋葬在京西板井村，终年八十五岁；四年以后，朱安辞世，终年六十九岁；1968 年，许广平离世，终年七十岁，二人辞世的时间相距二十年；1986 年，许羡苏去世，相距许广平十九年，终年八十三岁。

说来吊诡的是，西三条故居里悬挂着一张鲁老太太的遗照，受到参观者的景仰，因为他的长子是鲁迅。同样是这位老人，红卫兵去八道湾抄家时，首先砸的就是她的牌位，因为她的次子是周作人。

据说，临终之前，朱安嘱托两件事：第一件，葬在“大先生”的坟茔一侧；另一件，每七需供水饭，五七时请僧人念一卷经。第一件自然做不到，友人提议把她的灵柩也安葬到板井村，从而陪伴鲁老太太，但不知为什么没有实现而是埋葬到了保福寺，而这一地区，恰是今天中关村的核心区域，早已鹤归辽海人事皆非。每次我经过这里，尤其是夜间乘车从保福寺桥下通过，总免不了产生一种惴惴的不安，现在还有多少人知道这个旧时代的女人？肯定会有的，夜色中的蜗牛也会吐出幽寂的光芒吧！

## 五

2012 年 3 月 5 日，我接到一个《新京报》记者的手机采访。他说鲁迅住过的砖塔胡同 84 号即将拆除，对此我有什么感想？我说，在 84 号，鲁迅创作了著名的短篇小说《祝福》，完成了《中国小说史略》的下半卷，是研究鲁迅生活变化与创作心境的重要场所。次日，我致信给西城区负责人。不久，西城区政府在官方微博中回应，84 号暂不拆除。

近日，我路过砖塔胡同发现，84 号以东一带的房屋都被拆掉，只留下了围墙与院门，每一处院子的围墙上，都画有一个巨大的白圈，里面写着一个吓人的“拆”字。84 号，还在，只是原本画在墙上的“拆”字被抹掉了。我和妻子进去，见到一位中年妇女，她说是外地人在这里租房子住的。几年前我来过这里，当时的房主都是北京人。小院更加湫隘、肮脏，衰败，对着院门的地方有一株树木，看看并不十分粗糙的树皮，我猜度应是小叶梣。在俞芳的回忆中，84 号，当时是 61 号，有三间北房与东西厢房，北房西侧是院门。在北京，胡同北部的院子，院门一般设于西北角。因为按照九宫格的原则，西北属于“西北六白”吉地。61 号是三合院，与北房相对的南边没有筑屋，只有一座花坛。花坛上栽种了什么花卉，是北京人喜欢的玉簪？黄昏以后递送幽细的清芬。我不记得俞芳有过什么记载。也许有，忘记了。法国人莫迪亚诺在他的小说《暗店街》的结尾处，写有这样一段话，说是在俄罗斯南方的海滨疗养地，一个小姑娘突然放声大哭起来，她不过是想在海滩上再玩一会儿。但是，她母亲坚决不同意而把她拉回家。她们走远了，穿过街道，拐过路口，再也听不到她的哭声，我们的生命不是和这种孩子的悲伤一样，也会迅速地消逝在冥冥的夜色里吗？而现实是，在原本是花坛的地方加盖了简陋的小屋子，不像今天的八道湾 11 号，补种了不少植物与花朵。

关于八道湾 11 号，我曾经向有关部门建议，作为周氏兄弟的文化遗产保护起来。不久，八道湾拆掉了，11 号被规划进北京 35 中校园，被保护起来。房屋修葺一新，也补栽了不少植物，却不知为什么，最多的是花椒树，至少有四到五株，仿佛出操的士兵排成一列，站在正房的背面。正房的堂屋背后是一间平顶的小房子——北京人叫灰棚，使人想起西三条的老虎尾巴，其实这也是老虎尾巴，是一条更早的老虎尾巴，鲁迅在这里工作、休息。先后两条老虎尾巴提供的历史信息是一致的。正房北侧是九间后罩房，西首三间周作人一家住，中间三间周建人一家住，东首三间招待客人——盲诗人爱罗先珂曾经在这里居住。西首三间的窗下有一株碧桃，东向则间隔均匀地栽种木槿一类的植物，因为是二月，北京的气候尚冷，这些植物没有一丝春天的消息。对于碧桃，我向来不喜欢，原因很简单，它的花型繁缛、呆板，仿佛是绯色的圆形纪念章挂满树枝。

记得八十年代读过一篇文章，作者是一位与周作人有工作关系的编辑。一天，周作人送他出门时指着院内的丁香说："这是家兄种的树。"语气中流露出怀念之情。从兄弟怡怡到形若参商，关键人物自然是他的妻子羽太信子，是围绕羽太信子而掀起的"窥浴"风波。关于兄弟反目，鲁迅后来在《〈俟堂专文杂集〉题记》中写过这样一段话：

> 曩尝欲著《越中专录》，颇锐意蒐集乡邦专甓及拓本，而资力薄劣，俱不易致，……。迁徙以后，忽遭寇劫，孑身综遁，止携大同十一年者一枚出，余悉委盗窟中。……甲子八月廿三日，宴之敖者手记。

俟堂，是鲁迅早年别号。《俟堂专文杂集》，是鲁迅所藏古砖拓本的辑本，但在鲁迅生前没有印行，1960 年 3 月由文物出版社出版。"迁徙以后，忽遭寇劫"，当是指周作人侵占鲁迅书物。宴之敖者的署名，据许广平在《欣慰的纪念》中说，鲁迅曾经向她解释：宴从宀、从日、从女，意为“家里的日本女人”，也就是羽太信子；敖从出、从放，意为“驱逐”，宴之敖者就是“被家里的日本女人驱逐出来的人”。如果没有这个女人，鲁迅与周作人大概不会分手，中国的现代文学史或者会出现另一番景象，这既是一个对周作人，也是一个对鲁迅，发生过重要影响的女人。关于这个女人的灰色评论甚多而不必再说。这里只说她的三件事，其一，鲁迅的母亲有肾炎，需要吃西瓜，为了让她在冬天也能吃到西瓜，羽太信子就想出了煎熬西瓜膏，以便在冬天也可以食用的办法；其二，羽太信子每餐必先在牌位（鲁老太太、周作人的女儿若子、周建人儿子丰三）前面供上饭食，然后全家人才用餐；其三，羽太信子弥留之际说的胡话，居然是绍兴话而不是日语，这使周作人大为感动。羽太信子病故于1962年，周作人猝死于1967年，而前一年的八月，东风骤起，杜鹃啼恶，自此周作人饱经批斗、殴打、凌辱，羽太信子真是幸运得很！

与这些，相对这些远逝的女人——幸福与不幸福的，故园的花朵，也同样复杂得很。有的今天依旧繁华灼灼；有的早已梅子心酸而褪尽残红；有的被补种，却也真是莫名其妙。1949年，补树书屋檐前的槐树被雷电殛死，补种了一株枣树；八道湾，补种了大量多刺的花椒，却没有补植那种香气悠长，其香气可以令人骚动的丁香与笑靥灿烂的黄色刺玫；而在西三条，蜜蜡一样的杨桃与流霞一样的樱花呢？忘记了，而我也忘记了是谁说过这样的话，女人的陨落对应着花朵的绽放，是这样吗？也未必都是这样。至少，故园的女人与花朵未必如此！

# 舒群先生在本溪

本溪旧称杯犀。杯犀是一个小湖的名字，只有十五平方米，最近上了上海吉尼斯世界大全，被确定为世界最袖珍的湖。这个小湖，头部狭窄，尾部宽阔，仿佛是一只用犀角制作的酒杯。后来，因为这个名字说来绕嘴、写起烦琐，便谐音做本溪了。

但是，在本溪，最著名的不是它，而是另一处大面积的湖泊，珍藏于大山腹部的水洞，世界第一的暗河。我曾经在这里荡舟，在缤纷灯光的映照下，给人一种洞天福地的感觉，而使人不禁赞叹大自然的神工鬼斧，那真是难以想象的神奇。

这当然是本溪的骄傲，是大自然的恩赐。这样的恩赐，在本溪还有许多，诸如苍翠的森林与赤褐的铁矿。在本溪，所有山头都是苍郁的，在这样环境里生活应该是愉快的吧。然而，有时我也奇怪，本溪人如何把钢铁与绿化结合，因为在本溪有本钢，全国著名的钢铁企业，这是一个值得研究的课题。可惜我不是环保专家，做不了这样的研究，我感兴趣的是舒群先生，因为他曾在这里生活，担任过本溪二铁厂与本溪合金厂的领导，这两个厂子便是今天本钢的前身。

说到舒群，今天的年轻人大概知道得不多，但是对于熟悉东北作家群的人来说，却是一个不能忘记的人物。舒群本姓李，1932 年加入中共，在第三国际中国组工作，1935 年夏天来到上海，住在法租界巨泼莱斯路美华里的一个亭子间里。邻居是白薇。舒群原本想把小说《没有祖国的孩子》呈送鲁迅先生审阅，但没有实现。白薇见到这篇小说，欣喜万分，转给周扬。发表之前，白薇让他署一个笔名，建议用抒怀，但他不喜欢“怀”字，而将“怀”改为“群”，从此以舒群行世。小说发表以后轰动文坛，周扬、周立波纷纷著文评述。1937 年，舒群前往延安。当走到西安八路军办事处时，林伯渠与周扬派他与周立波以随军记者的名义去八路军总部工作，与他们同行的还有美国女作家史沫特莱。在总部，舒群给朱德做过四个月的临时秘书。1941 年，中共中央宣传部长凯丰委派舒群去《解放日报》工作，担任四版（综合版）主编。在这一时期，毛泽东与他往来颇多，为了召开延安文艺座谈会，毛曾给他写信，请他代为收集“各种各色”的意见，对他很是倚重。然而，不久便开始了延安整风，舒群也被立为审查对象。为什么把他列为审查对象？因为他在青岛作地下工作时蹲过国民党的监狱吗？ 1944 年，舒群恢复工作，被调回延安，到鲁迅艺术学院，担任文学系主任。1945 年，他随部队来到东北，做东北文工团团长。第二年从沈阳撤退到本溪，从此与本溪结下了不解之缘。在本溪，中共东北局成立了东北大学，舒群任校长。1950 年舒群以作家身份奔赴朝鲜战场，第二年因病回国，治愈出院后被调回北京，任中国文学艺术联合会副秘书长兼中国作家协会秘书长。那时，他只有三十九岁。1953 年，舒群深入基层，任鞍山大型轧钢厂工地党委副书记。不久中共东北局把他调回沈阳，参加东北文艺工作者的总结工作，而与领导意见相左，哪里想到由此种下了祸根！1955 年开始肃反运动，由于两年前以与领导意见相左，舒群与同是东北作家的罗锋、白朗被定为：“舒、罗、白”反党集团。舒群不服提出申诉而被平反。三年以后，再次被打倒，而且更为严厉，开除党籍，行政降五级使用。舒群于是回到了本溪，在本溪二铁厂与合金厂任职。在这期间，舒群不断提出申诉，1962 年被第二次平反。次年又被取消平反，理由是舒群的“翻案”是为丁玲的“翻案”做急先锋。四年以后，“文革”骤起，舒群被遣送下乡，到本溪桓仁县木榆子公社蔡我堡大队四小队做农民。连同他遣送下乡的还有他的妻子与三个孩子。1976 年“文革”结束，两年以后舒群被第三次平反，调回北京，回到中国作家协会任顾问。

在本溪，舒群在担任合金厂副厂长时，负责文艺工作。这样的安排，也是考虑到用其所长吧。但是，文艺以外的事情，舒群也肆力而为。他到合金厂不久，大连造船厂急需镍白铜，国家短时间难以组织进口，却不知道本溪的合金厂可以生产。舒群知道以后，立即向有关部门反映，从而解决了这个难题。当时主持合金厂工作的苏新军后来回忆：“厂方效益陡增不说，厂子从此也小有名气了。”后来，在舒群的努力下，合金厂成为冶金部管辖的钢厂。在那里，舒群坚持深入第一线，写出了许多优秀作品。根据他创作的小说《在厂史以外》改编的“电影《白手起家》的公演，在全国引起很大震动……他参与意见而排演的《红心虎胆》在中南海怀仁堂上演，朱德也观看了演出。由于电影、话剧的广泛宣传，毛主席也要来厂看看，只是 1960 年发大水，把这事搁置了。”如果毛来到合金厂，舒群的命运会有好的转变吗？现实是，短篇小说《在厂史以外》原本受到赞许，在 1964 年开展的整风运动中，却被批为反党作品，而使他饱受磨难。这种磨难不仅是身体的，而且是精神方面的。有一个本溪的年轻工人喜欢文学，经常向舒群请教，也为舒群所喜欢。《在厂史以外》受到批判以后，这个年轻人被组织找去，以组织的名义，让他揭发舒群是如何腐蚀青年人的，“要害是：已经有了工厂史。为什么又来个‘厂史以外’？”通过这样的人物进行这样的批判，对舒群应该是锥心之痛吧？在“文革”的风暴中，舒群更是处于风暴中心，作为本溪最大的反党分子被拉到市政府广场批斗，但是舒群没有低头，而是高声抗辩，被打掉了十几颗牙齿而依然不服。这就无论如何叫人难以想通，中国有一句成语叫做党同伐异，而现实的做法，在党内，对待不同意见的同志，整起来更为残酷，而以“文革”达于顶点。

关于“文革”成因，无论是在国内还是国外，研究的文章已经是车载斗量，我最近见到一篇研究朱元璋的文章，认为“文革”可以追溯到明代的开国之君朱元璋，至少他的许多做法，开启了“文革”先河。比如“红宝书”，在明代有朱元璋的大诰，作为人民的行为准绳，而且“务要家传人颂，以为鉴戒。”“一切官民诸色人等，户户有此一本，若犯笞杖流徙罪名，每减一等；无者每加一等。所在臣民，熟观为戒。”要求每一户人家必须持有一册朱元璋的大诰，持有的人家，如果犯了笞杖流徙的罪过，可以罪减一等；没有的，则罪加一等。这就比红宝书的威力还要大。不仅如此，为了确保大诰学习的经常化与制度化，朱元璋还鼓励凡是能够诵读大诰的师生们前来南京，也就是当时的首都，根据对大诰记诵的多寡，而“次第给赏”。据说，洪武二十一年的十一月，“来朝者有十九万三千四百余人。”这样的做法与“文革”时期红卫兵的大串联相比，也是开风气之先吧。在一个以农民为主体的社会，即便是相隔六百多年，庙堂的许多做法，也还是有许多管道可以吹袭进来的。曾经号称是空前的“革命”也还是有章可循，而终于被善良的人们所抛弃。

然而，就是在这样的时代，舒群也仍然没有忘记他对文学的思索与研究。我最近读到他著述的《中国话本书目》，很是惊诧。探讨这样的话题，需要大量资料与平心静气的心态。在动荡的日子做这样钩沉，真是难以想象。但是舒群做到了，而且他所做的，不是单纯的爬梳索引，而是在梳理史料的基础上进行理论上的探讨。比如，关于话本与底本的关系，他认为底本是“说话人备忘、授徒的笔记手册，是话本的母本”，而话本则是说话人依据底本敷演的口头创作，是经过加工记录的本子，是底本的子本。底本是底本，话本是话本，其间虽有血缘关系，却具两种不同性质，二者之间应该有一个明确的解说。这个问题说清了，就可以理解为什么有些话本简略粗糙，这很可能是未经过加工整理的底本。但是多年来，底本与话本混淆不清，“识别话本较易而底本较难”，作为底本，或者是依据旧文摘录拼凑而成，或者是采用新语速记提要，而“一概简化”，以及“语较俚拙，理欠通”，甚至近于“殊可发噱”。一般说，在底本中虽偶见“精华”，但仍多存“糟粕”，从而对底本的特征做出了明确分析。区分底本与话本，是舒群先生研究中国小说演变过程的重要贡献。在这个基础上，舒群进一步提出中国传统小说的话本拟话、话本拟作与底本拟作的观点，从而将拟话本的研究工作多层次地深入展开，这些都是极其富有建设性的见地。中国小说与西方不同，是从变文到俗讲、到话本，再到拟话本这样一个发展过程。然而，五四以后，这个传统被斩断了。西方的文学样式占据文坛主流，原本的小说样式被彻底边缘化了。研讨中国小说叙事特征，是不能够回避中国传统小说，话本与拟话本则是其中的重要元素。多年来我们对此认识不够，而中国小说要走向世界没有自己的叙事经验是难以想象的，从这个角度说，舒群先生这部《中国话本书目》的价值就在这里。

1915年，缪全荪刊行了《京本通俗小说》，这是一部著名的话本小说集，收录了《错斩崔宁》《碾玉观音》《西山一屈鬼》《冯玉梅团圆》《志诚张主管》《菩萨蛮》《拗相公》与《金主亮荒淫》。其中，《拗相公》讲述王安石的故事，在讨论这个话本的源流时，舒群例外地引述了王安石的一首《读史》诗，诗是这样写的：

自古功名亦苦辛，行藏终欲付何人？
当时黮黯犹承误，末俗纷纭更乱真。
糟粕所传非粹美，丹青难写是精神。
区区岂尽高贤意，独守千秋纸上尘。

“丹青难写是精神”，常为今人引用；“独守千秋纸上尘”，则鲜为人道。我却更喜欢后句，如同喜欢杜甫的“冠盖满京华，斯人独憔悴”，“寂寞身后事，千秋万岁名”，我喜欢这样的孤独与这样的不屈，“西伯拘而演《周易》；仲尼厄而作《春秋》；屈原放逐，乃赋《离骚》；左丘失明，厥有《国语》”，这样的话对中国的文人至少是传统的中国文人是有撼人心魄力量的。我不知道舒群先生是如何之思，而那位曾经令舒群锥心的年轻人，多年以后，带着儿子看望从北京返回本溪的舒群，一进门舒群就问他：“你多大年纪啦？”那个曾经的年轻人回答：“五十啦。”舒群又问他的儿子：“你呢？”孩子回答：“我十九岁。”舒群长久不语，半天说了一句话：“我认识你那年，我就像你那么大；你，就像他这么大。”

长久不语的时刻，舒群在想些什么？也许他想起了1946年，风雪肆疟的冬天，他指派一位同志去沈阳寻找排字用的字位表，他那时担任东北局宣传部文委副主任。而那时全副美式武装的国民党军队正在日夜兼程地向沈阳开进，而这个同志却要独身一人穿过敌占区，舒群十分担心，再三叮嘱他要格外小心。出发的那天，这个同志后来回忆，舒群带着在铁路局工作的雷汀到本溪的宫原火车站送行。雷汀把他扶上守车，只听一声长鸣划破夜空，火车开动了。“漫天的大雪和弥漫的蒸汽渐渐吞没了一切，可是隐约中，我见舒群胡髭挂满白霜，还在频频地向我挥手。”我不知道舒群在这一刻——“胡髭挂满白霜”的一刻，想起了什么，我想可以肯定的是对战友安危的牵挂与万丈的革命豪情，而不是其他，从而在刹那之间，定格于此，定格在本溪火车站挥手的刹那之间，同时也定格在本溪浩荡瑰丽的大湖与静谧安详的小湖，如诗的森林与坚硬的钢铁之间，而舒群先生的魂魄也早已长眠于此，无需多说了。

# 记忆中的沙砾

第一次见到绍棠先生是在 1984 年的冬天。应该是初冬，天气阴沉、寒冷，冬储菜已然上市的时候。绍棠先生那时住在光明胡同的一座小院里。不是四合院，而是三合院，有南房，东西厢房，在本该是北房的地方上生长着一株枣树。

在我印象中，绍棠先生的小院，东西厢房各两间。东厢房住着他的父母，西厢房住着他的孩子。绍棠先生居住的南房三间，东间做卧室，西间做书房，居中的那一间，按照传统说法，也就是明间，辟为会客室。绍棠先生会见客人一般在书房。客人多了，晚来的客人便在明间，等书房的客人走了，再进去。如果有急事情，便走到书房的门口，把脖子伸到书房里与绍棠先生对话。

由于纬度的缘故，北京的北房最宜居住，这样朝向的房子，夏天可以享受来自海洋的凉风，冬天可以晒到温煦的阳光，从而感到大自然的恩泽。南房则与北房相反，北房所有的好处在南房都得不到，北京人能够住北房的绝不住南房。绍棠先生的三合院以南为正，那是不得已而为之。如果把枣树伐掉，在那里盖房，也就是北房，绍棠先生不仅可以住北房，而且三合院还可以升格为四合院了。

绍棠先生说，有熟人给他出主意，砍树是违法的，如果这株树自己死掉了，自然不算是违法，可以心安理得在那里建房。可是，那株枣树远没有死亡的迹象，让它速死的办法是把树干钻一个洞，把花椒撒进去，枣树便会枯萎。但是绍棠先生不取，他觉得很好笑，枣树好好地生长在那里，为什么要费尽心机造成它的死亡呢？

绍棠先生出身农家，对农村各色人物了然于心。他说："农村里不乏勇敢分子，敢于向银行贷款，最后拍拍屁股，贷款还不上，你拿他怎样？"随即念了一首顺口溜："骑着摩托背杆秤，跟着老共闹革命。趁他还没弄明白，赚他一个白眼瞪。"绍棠先生很是忧虑。他的这种态度，农村的朋友不以为然，得罪老乡干什么？也许是因为少共情结的缘故，绍棠先生说话坦率，敢于坚持己见。在他担任市人大常委的时候，为了一名干部的任命而与市委顶牛。绍棠先生认为这名干部不符合任命条例，准备在表决的时候提出不同意见。人大派人做他的工作，请他注意策略，因为这个干部可以帮助北京做一些别人所不及之事。最后的结果是，听绍棠先生说，他保留自己的意见，而在决定任免的那天，人大请他留在家里不去开会。对这样的做法，绍棠先生无奈而又苦涩。一次同林斤澜先生聊天，他说："绍棠傻，北京文联的人叫他傻姑爷。1957 年反右，绍棠成了右派，我们理解。不理解的是王蒙那么精明的人，怎么也被打成右派呢？"我说："那是天网。"林先生沉吟了一会儿说："你说得对。"天网之下，谁还分得清聪明与傻呢？

八十年代末期，绍棠先生得了中风病，从光明胡同迁徙到宣武门外北京文联宿舍。那座楼的顶部镶有红色的边缘，对这个红边，绍棠先生很高兴，“赐封”那个楼为“红帽子楼”，自封为“红帽子楼主”，并以其为题写了不少随笔。居住的条件改善了，但是绍棠先生的身体却逐渐变坏。1997 年，绍棠先生因为腹内积水，送到一家医院治疗。本来因该把积水抽出，不知什么原因，负责治疗的医生反而给他输液，这样，腹内的积水更多，从而压迫心脏，窒息而故。这自然是医疗事故，可以与医院理论的。但是，据说绍棠先生不准许家属与医院理论，这是否，又是林先生所说绍棠的傻呢?

十年的光阴，雨丝风片一样地飞驰过去了，但有些不经意之事却沉淀下来，仿佛坚硬的沙砾，不时刺激我，令我反思、令我怀念，尤其是在天气阴冷的时候，往往会涌出第一次拜访绍棠先生的情景，同时不禁浮现宋人晁端友的一首小诗，诗只四句，也就是传统的七言绝句：“寒林残日欲栖乌，壁里青灯乍有无。小雨愔愔人假寐，卧听疲马啮残刍。”为什么会出现这样的联想？我至今没有思索清晰，也许只是情景相近，凄清的情绪潜泳到下意识之中而与我的忧伤产生共鸣?缅怀绍棠先生总是叫人伤感不置的。

愿他的灵魂在天国里安详。

# 后　记

我从上世纪八十年代开始散文写作，至今已有三十多年了，时间不可谓不长，但作品不多，佳作更少，原因自然是勤奋不够，怎么想都应该惭愧。然而，有一点我始终坚持，就是：我笔写我心，不造假，不矫揉，追求一种有难度、有品质、有趣味的文字。当然，这也是一个见仁见智之事，但是作为目标我却时刻不敢忘记。

此书能够出版要感谢吴义勤、施占军先生与赵莹女士，尤其应该感谢吴义勤先生，没有他的支持，此书难以出版，从而使我感到温暖。同时也应该感谢阅读本书的读者，由于你们的惠顾，使这里的文字得以收获新鲜的空气。

总之，感谢一切关心本书的人们。

2017 年 1 月 2 日